여성, 정치를 하다

여성,

우리의 몫을 찾기 위해

정치를 하다

장영은

민음사

1
누구를 위해

2
어떻게

3
무엇을 위해

프롤로그

오래된 이야기 하나 들추어 본다. 1919년 3월 18일, 경성지방법원 검사국에서 조선총독부 검사 야마사와 사이치로는 피고인 나혜석을 집요하게 신문(訊問)한다. 3·1 운동의 전국적 확산을 도모했던 나혜석은 자신의 혐의를 부인하지 않았다. 검사는 나혜석에게 마지막으로 "총독 정치에 대하여 어떻게 생각하는가?"라고 묻는다. 나혜석은 간략하게 "정치에 대해서는 모른다."라고만 답했다. 그리고 신문은 종료되었다. 그녀의 답변은 과연 사실이었을까?

1934년 7월, 《삼천리》가 실시한 설문조사 '내가 서울 여시장 된다면?'에 참여한 나혜석은 다음과 같이 일목요연하게 이야기했다. "1. 전차 서대문선과 마포선 간, 동대문선과 청량리선 간, 광희문선과 왕십리선 간을 일구역(一區域)으로 변경할 정사(政司)를 하겠습니다. 2. 조선인 시가지도 본정통(本町通)과 같은 전기 시설을 하도록 하겠습니다. 3. 여성단체를 조직하여 시세 사상 교풍(矯風)에 대하여 통일적 사

여성, 정치를 하다

상과 행동을 갖도록 하겠습니다." 나혜석은 만약 자신이 서울 시장이 된다면 교통, 에너지, 여성 인권을 최우선 과제로 삼고 효율적인 정책을 펼쳐 나가겠다는 의지를 밝혔다. 하지만, 식민지 시기 조선인 여성은 서울 시장이 될 수 없었다. 나혜석은 그 사실을 잘 알면서도 설문조사에 응했다. 그녀는 정치적 야망을 숨길 때와 정치적 포부를 펼칠 때를 알았던 문예가(文藝家)였다. 실제로 1922년 3월 만주 안동현에서 '조선여자야학'을 설립하고 직접 운영했던 나혜석은 6년 동안 만주에 체류하면서 무장 독립운동 단체인 의열단을 적극적으로 후원했다. 무기 은닉과 운반에 일조했으니, 후원보다는 가담이라는 표현이 더 적절할지도 모르겠다.

나혜석은 일본인 검사 앞에서 정치를 모른다고 했을 뿐, 줄곧 정치에 깊은 관심을 가지고 있었다. 그녀는 현행범으로 체포된 이상 혐의를 부인할 수는 없지만, 사상범으로 분류되어 형량이 늘어나는 상황만큼은 피해야 한다고 판단했다. 나혜석이 정치를 모른다고 하자 검사는 더 이상 그녀를 신문하지 않았다. 그러나 실형을 피할 수는 없었다. 나혜석은 서대문형무소에 5개월 간 수감되었다. 약 100년 전, 이 땅에서 조선인이 그리고 여성이 독립과 해방을 언급하는 순간 그들은 불온한 존재로 간주되었다.

식민지 조선 밖도 사정은 크게 다르지 않았다. 1913년, 에밀리 와일딩 데이비슨은 외투에 문구 하나를 새기고 런던

남서부 엡섬에서 열린 경마대회장으로 향했다. "여성에게 참정권을!" 그 자리에 국왕이 참석한다는 소식을 접했기 때문이다. 그녀는 경주마들 사이로 뛰어 들어가 여성 참정권을 호소하고자 했지만, 달려오는 말에 치여 사망했다. 목숨을 잃는 위험을 기꺼이 감수하면서까지 불평등과 싸운 전 세계 여성들의 이야기에 나는 점차 큰 관심을 가지게 되었다.

2018년 3월에 나혜석의 글을 엮어 출간한 직후부터 여성 정치인들의 자서전과 회고록을 찾아 읽기 시작했다. 정치 참여에는 어떤 자격도 요구되어서는 안 된다는 자크 랑시에르의 말처럼, 정치는 "몫 없는 이들의 몫"을 찾는 과정이라고 믿는다. 여성이 여성의 "몫"을 찾기 위해 수행하는 사회적 실천들을 나는 정치적 행위로 규정하고자 한다. 따라서 여성 정치인의 범위는 상당히 넓을 수밖에 없다. 법률과 행정, 문학과 예술, 교육과 언론, 종교와 경영 등 다양한 분야에서 사회적 영향력을 행사하는 여성들을 정치인이라고 부르고 싶다.

각자 자신의 자리에서 세상을 바꾸기 위해 최선을 다했다는 공통점이 있을 뿐, 이 책의 주인공들은 모두 저마다 다른 '이야기'를 가지고 있다. 어떤 여성의 꿈은 이루어졌고, 또 어떤 여성의 꿈은 이루어지고 있는 중이다. 누군가는 승승장구했고, 또 누군가는 가파르게 몰락하기도 했다. 독재자와 대결을 펼친 여성도 있었고, 법과 제도를 뜯어고치고자 평생을 바친 여성도 있었다. 글을 쓴 여성, 노래를 부른 여성, 그림을 그린 여성, 통계 프로그램을 만든 여성, 나무를 심은 여성, 승차를 거부한 여성, 적폐를 고발한 여성, 국제기구에서 근무한 여성, 선거 운동에 뛰어든 여성, 인터뷰를 한 여성, 악법을 폐지한 여성, 법을 제정한 여성, 권력을 쟁취한 여성, 경제를 성장시킨 여성, 평화를 외친 여성, 환자를 치료한 여성, 분열을 극복하고 통합을 이룬 여성, 재단을 설립한 여성 등등 이 책의 주인공들은 각기 다른 방식으로 정치에 참여했다. 험난한 여정의 연속이었다. 음모와 배신, 타협과 전향, 연대와 결별, 협박과 회유의 순간들을 자주 맞닥뜨려야 했다.

그러나 나는 여성 정치인들의 성취와 좌절을 평가하기 위해 이 책을 쓰지 않았다. 한 사람의 삶이 위대하다거나 초라하다거나 또는 성공했다거나 실패했다거나 파란만장하다거나, 그런 결론을 내리기 위해 여성 정치인들의 말과 글을 분석한 것이 결코 아니다. 나는 오히려 왜 한 여성이 패배할 것을 알면서도 정치에 뛰어들었는지 그 이유를 짐작해 보고 싶었다. 그녀들이 남긴 말과 그녀들이 차마 남길 수 없었던 말 사이의 간극을 조심스럽게나마 상상해 보고 싶었다. 동시에 극적으로 승리를 거둔 여성 정치인들의 전략과 그녀들이 살았던 시대적 상황을 분석해 보고 싶었다. 여성 정치인들의 도전으로 세상이 얼마나 달라졌는지, 무엇보다 우리는 지금 이곳에서 무엇을 해야 하는지 독자들과 함께 생각해 보고 싶었다.

하지만, 애초의 목표와 달리 차별과 멸시, 가난과 고독, 생명의 위협 등 온갖 종류의 고통을 겪으면서도 끝까지 싸웠던 여성 정치인들의 이야기를 읽으며 큰 용기를 얻었음을 고백한다. 책 한 권을 세상에 내놓을 때마다 독자들의 반응을 기다린다. 더 많은 여성들이 정치에 뛰어들기를 바라는 마음도 숨기지 않겠다.

여성, 정치를 하다

누구를 위해

시몬 베유,

임신 중단 합법화를 이끌어내다

"여정은 이틀 반 동안이나 계속되었다. 4월 13일 아침에 출발한 차는 15일 저녁 아우슈비츠비르케나우에 도착했다. 이날은 우리가 아우슈비츠를 떠난 1945년 1월 18일과, 프랑스로 돌아온 1945년 5월 23일과 더불어 내가 절대로 잊을 수 없는 날짜다. 이날들은 내 삶의 기준점과도 같다. 많은 일을 잊을 수 있었지만 이날들만은 잊을 수 없었다. 이날들은 내 왼팔에 새겨진 78651이라는 문신만큼이나 내 존재의 가장 깊은 곳에 아로새겨져 있다."

1944년 3월, 시몬 베유는 프랑스의 대학 입학 자격 시험인 바칼로레아를 통과했다. 한 달 후, 게슈타포가 집으로 들이닥쳤다. 시몬 베유는 어머니, 언니와 함께 아우슈비츠비르케나우로 끌려갔다. 아버지와 오빠는 리투아니아로 추방되었다. 2차 세계대전 중이었던 1940년, 프랑스는 독일에 패했다. 1940년 6월에 나치 독일과 정전 협정을 맺은 뒤 친독일 반유대인 정책을 펼친 비시 정부는 유대인의 사회 참여를 금지하는 법을 제정한 것으로도 부족해 유대인들을 아우슈비츠 수용소로 몰아넣거나 국외로 추방했다.

1927년 프랑스 니스에서 태어난 시몬 베유는 어린 시절부터 유대인 문화를 자랑스러워했다. 건축가였던 아버지는 "유대인들이 선택받은 자들이라면 그 이유는 그들이 책과 사유, 글쓰기의 민족이기 때문"이라고 생각했다. 가족들은 "정신적인 가치에 대한 애착"이 강했다. 시몬 베유는 몽테뉴, 파스칼, 에밀 졸라, 아나톨 프랑스의 책을 읽고 가족들과 둘러앉아 토론하는 환경에서 자랐다. 어머니는 결혼 후 과학자의 꿈을 접을 수밖에 없었지만, 엄청난 독서가였다.

하지만, 유복한 집안 환경도 나치의 침략 앞에서는 한순간에 무너질 수밖에 없었다. 독일과 협력하고 유대인들을 탄압한 비시 정부는 먼저 유대인을 "행정적 격리 대상"으로 삼았다. 건축가로 명성이 높았던 시몬 베유의 아버지도 점차 일이 줄어들었고, 2년 만에 가정 경제는 파산하고야 만다. 1943년 9월 대규모의 게슈타포가 니스에 도착했다. 그들은 "유대인 사냥을 시작했다." 두 달 뒤인 1943년 11월 시몬 베유가 다니던 학교의 교장은 그에게 더 이상 "학교에 들일 수 없는 이유를 설명했다." 집에서 혼자 대학 입학 시험을 준비했고, 어렵게 합격했다. 그러나 1944년 4월은 유난히 잔인했다. 시몬 베유는 대학이 아닌 아우슈비츠에서 봄을 맞아야 했다.

한밤중 수용소에 도착한 시몬 베유는 "나치 친위대의 고함과 개 짖는 소리"에 겁부터 먹었다. "귓가에 낯선 목소리가 내게 이렇게 물었다. '몇 살이야?'" 시몬 베유는 열여섯 반이라고 대답했다. 생면부지의 그 여성은 시몬 베유에게 "열여덟 살이라고 해."라고 조언했다. 18세 미만은 노동 가치가 없다는 이유로 바로 가스실로 보내졌기 때문이다. 시몬 베유의 팔에는 문신이 새겨졌다. 78651. 한 사람이 고유명사인 이름 대신 숫자로 불리는 것이 어떤 의미인지를 알게 되었다. 강제 노동의 수위는 점차 혹독해졌다. 아사(餓死)하는 사람들도 점차 늘어났다. 1945년 3월 15일, 어머니가 사망했다. 티푸스가 직접적인 사인이었지만, 시몬 베유는 나치와 비시 정부가 어머니를 죽였다고 생각했다.

1945년 4월 초부터 "하루가 지날수록 폭격이 심해졌다." 시몬 베유는 2차 세계대전의 "결말이 가까워지는 것을 느꼈다." 어떻게든 살아남아 돌아가야 했다. 귀환의 여정 또한 순탄하지 않았다. "우리가 어떤 조건에서 살아남았는지, 우리의 일상이 얼마나 참혹했는지 신만이 아시리라. 사실은 신도 몰랐으리라 생각한다." 시몬 베유는 아우슈비츠의 생존자들에게 아무렇지도 않게 "돌아왔다고? 그렇다면 그렇게까지 나쁜 상황은 아니었다는 거잖아."라고 내뱉는 말들을 들으며 가슴이 무너지는 것만 같았다. 생존자의 트라우마를 헤집는 질문들도 난무했다. "내 팔뚝에 새겨진 수형 번호를 손으로 가리키면서 그것이 내 사물함 번호였냐고 물었다." 시몬 베유는 "몇 년 동안 소매가 긴 옷만 입었다."

일상으로 복귀하기까지 시간이 필요했지만, 휴식을 가질 여유가 없었다. 어머니는 수용소에서 병사했고, 아버지와 오빠는 리투아니아로 추방된 이후로 영영 만나지 못하게 되었다. 하루빨리 학교를 졸업하고, 직업을 찾아야 했다. 이모와 이모부는 가족을 잃은 시몬 베유와 언니에게 "숙식을 보장해 주면서 공부를 하도록 격려했다." 시몬 베유는 "법을 공부해서 변호사가 되겠다는 목표가 있었다." 파리 정치 대학에 진학했다. 조금씩 "삶은 제 흐름을 따라갔다. 저녁에 나는 책을 많이 읽었다." 시몬 베유는 친구의 소개로 만난 앙투안 베유와 "애틋한 사이가 되었다." 앙투안 베유와 그의 가족들은 "세속 유대인이고 소양이 풍부하며, 프랑스를 사랑하고 프랑스의 유대인 동화에 빚을 진 마음을 가지고" 있었다. 두 사람은 1946년 가을 부부가 되었다.

열아홉 살에 결혼하고 스무 살에 엄마가 된 시몬 베유는 가정과 학업을 병행하면서 자신의 진로를 탐색했다. 마침 "1946년부터 여성들에게 법관 시험에 응시할 자격이 주어졌다." 시몬 베유는 "판사가 되기로 했다." 1954년 5월에 검찰청 보좌관에 수습으로 지원한 시몬 베유는 검찰청 비서실장에게 다음과 같은 질문을 받았다. "기혼녀잖아요! 아이가 셋에다 그중 하나는 젖먹이라고요! 게다가 남편은 국립행정

학교를 졸업할 거고! 어째서 일을 하려는 거요?" 시몬 베유는 직업을 가지는 일은 "오로지 내 문제"임을 차분하게 설득했다. "자신의 삶"을 직접 말하는 시몬 베유에게 면접관들도 조금씩 마음을 열었다. "어차피 할 거라면, 우리 곁에서 수습 기간을 거치쇼." 시몬 베유는 2년 후 판사 시험을 통과하고, 교정 행정국에 배치되었다. 1957년부터 1964년까지 교정 행정국에서 근무하면서 시몬 베유는 "행정 실무에 포진한 무능과 무관심"에 경악했다. "감옥을 돌아다닐 때마다 마치 중세 시대로 빨려들어 간 기분이 들었다." 수용 시설의 "물질적 조건은 끔찍했다."

시몬 베유는 문제를 해결하기 위해 백방으로 뛰어다녔다. 그러나 "선의만으로는 충분하지 않았다." "잔인할 정도로 부족한 재정 문제가 우리를 가로막았기 때문이다." 인권 향상에 필요한 재정을 확보하기 위해서는 "의원들을 움직이게" 해야 했다. "대중 여론을 조성할 필요가 있었다." 언론계에 "프랑스 감옥의 실상을 취재"할 것을 제안했고, 기자들은 "인권 국가라는 이름에 어울리지 않게 프랑스의 실상은 불명예스럽다는 결론"을 발표했다. 하지만 민심은 정반대로 흘러갔다. "프랑스가 범죄자보다는 선량한 시민을 돌보는 데 힘써야 한다는" 여론이 압도적이었다. 시몬 베유는 풀기 어려운 문제일수록 원칙에 충실할 수밖에 없다고 판단했다. 법관으로서 그리고 아우슈비츠 생존자로서 "수감자들의 건강

여성, 정치를 하다

과 인권" 문제를 호소했다.

법이 현실에서 실질적인 효력을 발휘하기 위해서 필요한 요소들을 조목조목 점검하는 시몬 베유의 능력을 눈여겨보는 정치인들이 늘어나기 시작했다. 법무부 장관 장 푸아예는 1964년에 교정 행정국 근무를 마친 시몬 베유에게 "여성과 남성 간의 사법적 평등, 아동과 재산에 대한 권한"을 비롯해 "아이들이 이 가족 저 가족으로 떠도는 비극을 막기 위해서" 필요한 법안의 초안을 작성하도록 했다. 당시 상법, 부동산법, 가족법을 비롯한 민법 개정을 강력하게 추진했던 개혁적인 법무부에서 변화를 위한 적임자를 찾은 것이다.

한편 1968년 5월에 시몬 베유는 '68 혁명'을 겪으며, "대학·의료계·정부 부처·기업 등에서 마치 신권을 얻었다고 여기는 고위 관료들"의 존재에 새삼 경악한다. 시몬 베유는 오랫동안 공산주의에 비판적 입장을 가지고 있었고 좌파 지식인들과도 일정한 거리를 두고 있었지만, 68 혁명의 본질이 "좌파주의적 망상"이라고 공격하는 프랑스의 우파 주류 세력들과는 근본적으로 다른 견해를 나타냈다. 시몬 베유가 분석한 68 혁명의 본질은 "낡은 관점을 견지하는 보수주의자들과의 대립"이었다. 시몬 베유는 정치와의 거리를 조금씩 좁히고 있었다. 조르주 퐁피두 대통령은 68 혁명 이후 내홍에 휩싸인 공영 방송의 정상화를 위해 시몬 베유를 프랑스 국영 라디오 텔레비전 방송국의 이사로 임명했다.

1974년, 자크 시라크 대통령은 시몬 베유를 직접 찾아와 보건부 장관직을 제안했다. 자크 시라크 대통령이 왜 관련 경력이 없는 자신을 왜 보건부 장관에 임명하려고 하는지 하루 동안 고심했다. 그는 "임신 중단 합법화"가 자신에게 주어진 시대적 소명이라는 결론에 이르렀다. 1971년 시몬 드 보부아르, 카트린 드뇌브, 잔 모로, 마르그리트 뒤라스, 프랑수아즈 사강 등 공인으로 활동하는 343명의 프랑스 여성들이 "나도 낙태했다. 그러니 나도 잡아가거나 임신 중단 합법화를 시행하라!"고 주장하는 운동을 펼쳤을 때부터 시몬 베유는 판사로서 지지하는 입장을 표명했다. 이제 장관으로서 해야 할 일이 생긴 것이다. 시몬 베유가 "여성이라는 점, 임신 중단 합법화에 찬성한다는 점, 그리고 유대인이라는 점"을 물고 늘어지는 강경한 보수 단체들도 있었다. 그러나 장관으로 취임한 이래 임신 중단 합법화에 대한 시몬 베유의 신념은 더욱 강해졌다. "대중 사이에서 행해지는 불법 임신 중단의 피해에 경악을 금치 못하고 있었다." 보건부 장관 시몬 베유의 강경한 의지와 함께, 1974년 11월 29일 찬성 284표 반대 189표로 임신 중단 합법 법안은 프랑스 국회에서 통과되었다. 프랑스인들은 이 법을 '베유 법'이라고 불렀다.

시몬 베유는 법조인으로 다시 돌아갈 수 있게 되었다고 생각했지만, 1978년 발레리 지스카르 데스탱 대통령은 시몬 베유에게 유럽 의회 선거에 출마해 주길 간곡하게 부탁했다. 50대에 처음으로 선거 유세를 시작한 시몬 베유는 1979년 유럽 의회 최초의 선출직 의장이 되었다. 각 국가의 역사와 정치적 판단을 존중하자는 입장을 견지했던 유럽 의회 의장 시몬 베유는 유럽 통합의 길을 열었다는 평가를 받으며 임기를 마쳤다. 1998년 3월부터 2007년 3월까지 9년간 시몬 베유는 프랑스 헌법평의회 위원으로 활동했다. 헌법평의회에서 시몬 베유는 "차별에 대한 투쟁"에 특별한 관심을 가졌다.

2007년, 모든 공직에서 물러난 시몬 베유는 자신의 삶을 회고하는 자서전『나, 시몬 베유: 여성, 유럽, 기억을 위한 삶』을 출간했다. 기억, 역사, 반성을 강조했다. 인류가 "거대한 끈으로 이어져, 우리 생존자들과 언제나 동행한다."라는 믿음을 실천했던 시몬 베유는 2017년 6월 30일, 아흔 번째 생일을 앞두고 세상을 떠났다. 국민들의 청원이 이어졌다. 프랑스는 최고의 예우를 갖춰 시몬 베유를 기억해야 한다는 것이었다. 2018년 7월 1일, 시몬 베유는 판테온에 안장되었다. 아우슈비츠에서 살아남은 시몬 베유는 자신의 기억을 부정하지 않고, 역사에 부끄럽지 않은 여성 정치인으로 마지막 순간까지 위엄을 지켰다. 그는 현재 마리 퀴리, 볼테르, 빅토르 위고, 에밀 졸라 등과 함께 판테온에 잠들어 있다.

보건부 장관 시몬 베유의 강경한 의지와 함께,
1974년 프랑스에서는 드디어 임신 중단이
합법화되었다. 프랑스인들은 이 법안을 '베유
법'이라고 불렀다.

시몬 베유는 아우슈비츠에서 살아남았고, 소외된
이들을 위해 애쓰는 법조인이었으며, 진정한 변화를
이끈 정치인이었다. 그는 프랑스에서 가장 존경받는
위인들과 함께 판테온에 안장되었다.

아스트리드 린드그렌,

평생 지지한 정당을 과감하게 비판하다

"세상을 떠나는 날까지 나는 사회민주당원일 것입니다. 하지만 내가 보기에 현 정권은 더 이상 민주주의를 수호하지 않습니다. 당 이름을 사회관료당으로 바꾸는 게 나을 것 같군요."

1945년, 『내 이름은 삐삐 롱스타킹』이 출간되자 전 세계는 놀랐다. 씩씩하고 용감한 새로운 어린이가 탄생하자 독자들의 찬사가 쏟아졌다. '말괄량이 삐삐'가 등장하기 전까지 천방지축 좌충우돌의 여자 어린이 주인공을 아동문학에서 찾아보기 힘들었던 것이다. 38세에 동화작가로 데뷔한 아스트리드 린드그렌은 첫 작품으로 일약 스타가 되었지만, 벼락 성공이 오히려 작가에게 저주로 돌아올 수도 있다는 사실을 잊지 않고자 노력했다. 인기는 바람과도 같은 것이어서 결코 손으로 잡을 수 없음을 되새겼다. 그녀는 오직 글쓰기에 자신의 모든 것을 쏟아부었다. "글을 쓰고 있으면 모든 걱정이 사라졌어요." "글쓰기. 그것은 고된 노동이지만

이 세상에 존재하는 것 가운데 가장 근사한 일이다. 아침이면 글을 쓰고 밤이 되면 생각한다. 아! 내일 아침이 밝아오면 다시 글을 쓸 수 있겠지!"

1944년부터 본격적으로 글을 쓰기 시작한 아스트리드 린드그렌은 1954년까지 18권의 책을 썼다. 쓰지 않을 때는 책을 읽거나 홀로 숲 속을 거닐었다. "나 혼자 있고 싶어요. 홀로 있는 법을 배우지 못한 사람들은 삶이 주는 상처에 대한 면역력이 약합니다." 작가는 혼자 있는 시간을 많이 확보할수록 좋은 작품을 쓸 수 있다고 믿었다. "고독만큼 좋은 동반자를 아직 만난 적이 없다. 대체로 우리는 방 안에 혼자 있을 때보다 밖에 나가 사람들 틈에 있을 때 더 외로움을 느낀다. 사색하거나 일하는 사람은 언제나 혼자이니, 그가 있어야 할 곳에 있게 하라." 이 원칙을 지독할 정도로 지켰다. 하지만, 그녀가 세상과 단절된 채로 살았던 것은 아니었다. 어떠한 경우에도 작가는 세상과 고립될 수 없으며, 또한 고립되어서도 안 된다고 생각했다. 세상과 함께 호흡하며 그녀는 글을 쓰고 또 썼다. 아스트리드 린드그렌은 2002년 세상을 떠날 때까지 약 110편의 작품을 발표했다. 그녀의 작품은 90개국에서 번역되었고, 현재까지 1억 명 이상의 독자를 만났다. 유네스코는 2005년에 아스트리드 린드그렌과 관련된 자료들을 세계기록문화유산으로 선정했다.

그녀는 자신의 삶의 터전인 스웨덴의 현실 정치에 깊이

관여했다. "존재의 의미나 죽음 같은 주제에 대해 고민할 때를 제외하면 내 머릿속에는 온통 정치에 대한 생각뿐이야." 중요한 현안이라고 판단을 내리면 두려움 없이 돌진했다. 가족사도 그녀에게 영향을 미쳤다. 아스트리드 린드그렌의 오빠 군나르는 10년 동안 농업인 조합 정당의 회원으로 의회 활동을 했다. 1974년에 갑작스럽게 오빠가 세상을 떠났다. 아스트리드 린드그렌은 오빠의 죽음을 겪으면서 정치에 더욱 적극적인 태도를 가지게 된다. 무엇보다 아스트리드 린드그렌은 20대 시절이던 1930년대 초부터 이미 사회민주당의 열혈 지지자였다. 그녀의 직접적인 정치 참여는 바로 1970년대 후반 사회민주당의 조세 정책에서 시작되었다고 보는 것이 옳겠다.

1976년 3월 10일 69세의 작가 아스트리드 린드그렌은 스웨덴 사회민주당을 신랄하게 비판하는 글을 《엑스프레센》에 기고한다. 일반인들이 쉽게 이해할 수 없는 복잡한 세법과 자영업자들에게 불리하게 적용되는 과세 정책을 비판하며 집권당인 사회민주당의 책임을 따진 것이다. 「모니스마니엔의 폼페리포사」라는 이 다소 유별난 제목의 글에는 자영업자 수입의 102퍼센트를 세금으로 내야 하는 과세 정책이 등장한다. 성공한 작가인 주인공 폼페리포사는 자영업자에게 수입의 102퍼센트로 세금을 통보한 모니스마니엔 정부의 결정을 도저히 받아들일 수 없었다. 폼페리포사는 결국 작가 활동을 포기하고, 사회 보장 급여로 생활하면서 국립 은행 금고에서 돈을 훔칠 방책을 세운다. "내 젊은 날 꽃피던 사회민주당아, 그들이 너에게 무슨 짓을 한 거니? 콧대 높고 관료적이며 부당한 유모 같은 국가를 정당화하는 데 네 이름을 가져다 쓰는 작태가 얼마나 오래 계속되려나?" 집권층은 반격에 나섰다.

재무부 장관 군나르 스트렝은 아스트리드 린드그렌이 기본적인 계산 능력도 갖추지 못했다고 역공을 취했다. "과세 문제를 이해하는 능력이 한심"하다는 비난을 받은 그녀는 재무부 장관에게 공개서한을 발표하며, "장관의 오만함을 역이용"해서 반격했다. "요즘 스웨덴 소상공인들이 어떻게 사는지 아십니까?" 아스트리드 린드그렌은 스웨덴의 "수공예 장인, 담배 가게 주인, 미용사, 원예가, 농부, 수많은 자영업자의 등골을 빼먹을 정도로 세금을 부과하는 정부 정책"이 문제의 핵심이라고 조목조목 짚었다. 아스트리드 린드그렌의 주장에 공명하는 사람들이 늘어나자, 사회민주당 진영도 머뭇거리지 않았다. "천문학적인 판매 부수와 정신을 차릴 수 없을 만큼 엄청난 수입을 올리는 어린이책 작가가 조세 법령 논의에 적극적으로 목소리를 높이는 이면에는 재정적인 저의가 있으리라고" 논쟁의 구도를 몰고 간다.

아스트리드 린드그렌은 문제의 본질을 회피하지 말라고 맞받아쳤다. 자신은 돈을 많이 버는 작가이기 때문에 사회민주당을 비판한 것이 아니라 "어느 누구라도 세금을 낼 돈을 마련하기 위해 도둑질을 해야 하는 상황에 빠지면 안 된다."라는 믿음에서 정치적 발언을 하는 것이라는 입장을 분명하게 했다. 아스트리드 린드그렌은 평생 사회민주주의자로서의 자긍심을 가지고 있었다. 그녀는 혼자서 글을 쓰고 책을 읽는 시간을 소중하게 간직하고자 했을 뿐, 언제나 "돈을 두려워"했다. "많은 것을 소유하고 싶지도 않고, 돈과 함께 따라오는 권력 또한 싫습니다. 그것은 정치적 권력만큼이나 사람을 부패하게 만들기 때문이지요."

지지자들의 비판을 사소한 문제로 치부하는 것 자체가 당의 위기 대응 능력이 떨어지고 있다는 증거였다. 특히, 재무부 장관 군나르 스트렝의 "오판"은 점차 심각한 수준으로 치닫고 있었다. "최근 언론에 오르내리는 아스트리드 린드그렌이나 잉마르 베리만이 선거에서 사회민주당의 입지를 좁히는 무기로 활용될 수 있다고 착각하는 사람들이 있습니다. 이런 해프닝은 선거에 아무런 영향을 미칠 수 없어요." 연극 연출가로 명성이 높았던 잉마르 베리만은 1976년 1월에 공연 리허설 도중 조세 회피 혐의로 체포된다. 결국 무혐의로 풀려났지만, 자신을 범죄자로 몰아가는 사회에 환멸을 느낀 잉마르 베리만은 그해 4월에 스웨덴을 떠났다. 이러한 사건을 군나르 스트렝은 '해프닝'으로 받아들였던 것이다. 아스트리드 린드그렌은 1976년 5월부터 6월 사이에 잇달아

네 편의 글을 발표하며, "사회민주당은 나를 포함해서 공의롭고 평등한 인민의 집을 꿈꾸던 모든 사람에게 실망을 안겨주었다."고 비판했다.

1976년 8월 31일, 선거를 3주 앞둔 시점에서 아스트리드 린드그렌은 사회민주당원에게 공개서한을 발표한다. 그녀는 "민주주의란 여럿이 권력을 공유하는 것을 뜻합니다."라는 말로 사회민주당원들에게 "반기"를 들라고 호소했다. 사회민주당 진영은 아스트리드 린드그렌을 나쁜 사람으로 몰아가기 시작한다. "아스트리드, 그대는 반동분자가 되었소. …… 그대의 글은 한심한 모습만 드러낼 뿐이라오. …… 그대가 스웨덴인을 얼마나 과소평가했는지 고민해 보시오." 동시에 반(反)사회주의 성향인 《엑스프레센》에 글을 발표하는 것 자체를 문제 삼았다. 그녀가 보수 언론사의 정치적 도구로 이용당하고 있을 뿐이라는 원색적인 비난을 멈추지 않았다. 하지만 사실 관계가 전혀 맞지 않았다. 사회민주당의 조세 정책을 비판하기로 결심한 아스트리드 린드그렌이 《엑스프레센》의 편집장에게 직접 전화를 걸어 지면을 할애해 줄 수 있는지 타진했기 때문이다.

1976년 9월 19일, 사회민주당은 비사회주의 정당들의 연합 정권에 밀려나게 되었다. 아스트리드 린드그렌이 발표한 열 편 이상의 정치 논평이 선거 결과에 큰 영향을 미쳤다는 분석이 잇달아 나왔다. 그녀는 담담하게 자신의 입장을 밝혔다. "선거 결과는 나와 아무 관계가 없습니다. 나는 사람들이 느끼고 생각하는 바를 그대로 전달했을 따름이고, 그렇기 때문에 객관적 시각으로 대응할 수 있었을 겁니다."

아스트리드 린드그렌은 다시 문학으로 돌아갔다. 1978년에 그녀는 독일 도서협회 평화상의 첫 번째 어린이책 작가로 선정되었다. 헤르만 헤세와 알베르트 슈바이처, 마르틴 부버 등과 함께 수상자 명단에 자신의 이름을 올렸다. 주최 측에서는 아스트리드 린드그렌에게 수상소감을 "짧게, 감사함"으로 해줄 것을 요구했지만, 그녀는 분명하게 거절 의사를 밝혔다. 독일 도서협회 측에서는 정중하게 아스트리드 린드그렌에게 수상 소감 연설을 다시 부탁했다. 아스트리드 린드그렌에게는 나름대로의 계획이 있었다. 그녀는 체벌 교육 반대와 부모 폭력 금지 법안 발의를 호소하는 연설을 오랫동안 준비해 왔다. "폭력을 포기하는 법을 배울 수는 없을까요? ……얼마나 많은 아이들이 폭력 속에서, 그것도 가장 사랑하는 부모가 휘두르는 폭력 속에서 첫 가르침을 받았을까요? 또 얼마나 많은 아이들이 이렇게 배운 것들을 다음 세대에 전해주었을까요?" 1979년에 스웨덴에서는 체벌 금지와 부모 폭력 금지 법안이 전 세계에서 최초로 공포되었다.

1985년에 아스트리드 린드그렌은 동물복지 문제를 집중적으로 다루면서 국제 사회의 관심을 촉구했다. "동물은 살아 있는 존재이고, 인간과 마찬가지로 괴로움과 공포와 고통을 느낄 수 있다. …… 과연 우리가 저렴한 식품을 얻기 위해 동물들로 하여금 더 나은 삶을 살 수 없도록 해야 하는가?" 1988년, 법의 테두리 안에서 동물이 보호받을 수 있도록 근간을 마련한 '린드그렌 법'이 제정되었다.

아스트리드 린드그렌에게 문학과 정치는 "아무리 위험해도 반드시 해내야 할 일"이었다. "편안히 살면 안 될 까닭"을 묻는 이들에게 그녀는 1973년 『사자왕 형제의 모험』에서 분명한 답을 제시한 바 있다. "사람답게 살고 싶어서지. 그러지 않으면 쓰레기와 다를 게 없으니까." 2002년, "오늘 하루가 인생이다."라는 평생의 좌우명을 가지고 스웨덴의 정치와 세상의 어린이들에게 멋진 이야기를 남긴 아스트리드 린드그렌이 95세의 나이로 세상을 떠났다. 스웨덴의 사회민주당 총리 예란 페르손은 그녀의 서거 소식을 듣고 "1976년 선거 당시 린드그렌의 지적이 옳았다."라고 논평했다. 그녀의 쓴소리가 스웨덴을 향한 애정이었음을 알아차린 사회민주당은 거듭 태어날 수 있었다. 아스트리드 린드그렌의 정치적 글쓰기가 새삼 그립다.

'말괄량이 삐삐'를 창조한 세계적인 작가
아스트리드 린드그렌, 그는 가장 그다운 방식으로
자신의 삶의 터전인 스웨덴의 현실 정치에
적극적으로 관여했다.

당시 스웨덴 재무부 장관 군나르 스트렝이 신문에 실린
「모니스마니엔의 폼페리포사」를 읽고 있다.

에멀린 팽크허스트, Emmeline Pankhurst

여성도 돈과 권력을 추구할 수 있어야 한다

"내가 런던 체류할 동안, 영어를 배우기 위하여 여선생 하나를 정했다. …… 팽크허스트 여자 참정권 운동자 연맹회 회원이요, 당시 시위 운동 때 간부였다. …… 그는 이런 말을 한다. "여자는 좋은 의복을 입고, 맛있는 음식을 먹는 것을 절조(節調)하여 은행에 저금을 하라. 이는 여자의 권리를 찾는 제1조목이 된다." 나는 이 말이 늘 잊히지 아니하고 영국 여자들의 선각(先覺)에 존경 않을 수 없다."(나혜석, 「베를린에서 런던까지」(「伯林에서 倫敦까지」, 《삼천리》, 1933년 9월)

나혜석은 1928년 7월에 영국으로 여행을 떠났다. 그리고 그해 8월 15일까지 런던에 체류했다. 그녀가 런던에서 "팽크허스트 여자 참정권 운동자 연맹회"의 일원을 만나 "내가 조선의 여권 운동자 시조가 될지 압니까."(「영미 부인 참정권 운동자 회견기」, 《삼천리》, 1936년 1월)라고 선언한 대목을 읽을 때마다 전율을 느낀다. 나혜석이 런던에 도착하기 약 한 달 전인 1928년 6월에 영국 여성 참정권 운동을 이끌었던 에멀린 행크허스트는 세상을 떠났다. 나혜석은 "선각자"를 직접 만나지 못했지만, 그녀는 에멀린 팽크허스트를 깊이 "존경"했다. 말이 운명을 결정지었던 것일까? 나혜석은 "조선의 여권 운동자 시조"가 되었다. 에멀린 팽크허스트도 자신의 삶을 예언했다. 그녀는 1914년에 출간한 자서전 『나의 이야기(My Own Story)』(『싸우는 여자가 이긴다』로 번역 출간)에서 창문을 깨뜨려가면서라도 여성 참정권을 외면하는 정부와 끝까지 싸우겠다는 의지를 밝혔다. 교도소를 수시로 드나들어야 했지만, 크게 개의치 않았다. 사실, 에멀린 팽크허스트는 어린 시절 해리엇 비처 스토의 『톰 아저씨의 오두막』을 읽은 순간부터 "투쟁이 초래한 파괴의 상흔을 보상하고 치유하는 부드러운 마음씨에 대한 감사"를 잊지 않고자 노력했다. 무엇보다 여성 참정권 획득이라는 정치 운동의 목표를 비폭력 합법 노선으로 관철시키고자 했다. 그런데 왜 그녀는 갑자기 투쟁의 방식을 바꾸게 되었을까?

에멀린 팽크허스트는 1858년 영국 맨체스터에서 태어났다. 유복하고 지적인 환경에서 자랐다. 어느 날, 아버지는 딸이 잠든 줄 알고 그만 "애가 남자애로 태어나지 않아서 안됐어."라고 혼잣말을 내뱉었다. 어린 딸은 눈을 감은 채 평소에 "남녀가 평등하게 참정권을 가져야 한다고" 주장했던 아버지의 "슬픈 목소리"를 그저 듣기만 했다. "남자들은 자신들이 여자보다 우월하다고 생각하고" 있음을 알게 되었다. 그 생각이 틀렸다는 사실을 반드시 입증하리라고 다짐한다.

에멀린 팽크허스트는 1870년대 초반에 영국의 어떤 지역보다 활발하게 참정권 운동이 벌어지고 있었던 맨체스터를 사랑했다. 당대 최고의 여성 참정권 운동가이자 "훌륭한 웅변가"로 꼽혔던 리디아 베터의 연설을 쫓아다니며 들었다. 15세에 프랑스 파리의 "여학생을 위한 고등교육 분야에서 유럽의 선구자 역할을 한 학교에 입학"한 에멀린 팽크허스트는 공화주의 운동가들의 이야기를 접하며 "자유주의적 사고"를 더욱 확장시켰다. 18세에 맨체스터로 돌아와 "최초의 여성 선거권 법안 초안을 작성한" 팽크허스트 변호사를 만났다. 3년 후인 1879년에 두 사람은 부부가 되었다. 연이은 출산으로 "몇 년간 가정사에 깊이 몰두"할 수밖에 없었지만, 에멀린 팽크허스트와 그녀의 남편은 여성이 "가정만 지키는 기계가 되는 것을 원치 않았다." 에멀린 팽크허스트는 여성 참정권협회의 실행위원으로 근무하는 한편 기혼여성재산법 제정을 위한 위원회에서 남편과 함께 활동했다. 1882년에 기혼여성재산법이 통과되자, 그녀는 오로지 참정권 운동에 힘을 쏟았다.

에멀린 팽크허스트는 1886년에 가족들과 함께 런던으로 이사했다. 당시 런던에서는 성냥공장 여성 노동자들이 대파업 중이었다. 에멀린 팽크허스트는 "사회운동가 애니 배전트 같은 뛰어난 여성들과 함께 열정적으로 파업에 참여

여성, 정치를 하다

했다." 여성 노동자들의 작업 조건은 "상당히 개선"되었지
만, 여성 참정권 법안과 관련해서는 별다른 진전이 없었다.
주류 남성 정치인들로부터 "아, 그 법안은 미래를 위한 것입
니다."라는 답변만이 돌아왔다. 1893년에 맨체스터로 돌아
온 에멀린 팽크허스트는 빈민구제위원회 일을 하면서 "여성
노동자의 삶의 조건"을 조금씩 알게 되었다. "그들이 빈민 구
호소에 온 것은 그들의 잘못 때문이 아니다. 그들은 단지 저
축할 만큼 많은 돈을 벌어본 적이 없었기 때문에 이곳에 온
것이었다. 영국 여성 노동자의 평균 임금은 미국 돈으로 치
면 주당 2달러에 조금 못 미친다. …… 게다가 대부분의 여
성 노동자는 자신 말고도 다른 사람들을 먹여 살려야 한다.
그러니 어떻게 저축을 할 수 있겠는가?" "여성에겐 상원도
하원도 없기에" 참정권 획득이 최우선 과제였다.

1898년에 에멀린 팽크허스트는 "남편의 죽음을" 겪었
다. 가슴이 미어졌지만, 슬퍼할 시간조차 허락되지 않았다.
변호사였던 "남편이 갑작스럽게 죽었기 때문에" 우선 생계
를 꾸려가야 했다. 그녀는 "빈민구제위원회의 직책을 사임
하고, 곧바로 출생과 사망을 다루는 맨체스터의 등기소"에
취직한다. 인구조사 담당관으로 노동계급 지역의 출생자와
사망자를 수기(手記)로 기록하는 업무를 맡았다.

에멀린 팽크허스트는 "세상이 여성과 아이들을 전혀 존
중하지 않는다는 사실을 볼 때마다 새삼 충격을 받았다."

"열세 살 정도 된 여자아이가 자신이 낳은 사생아의 출생 신고를 하러 등기소에 오곤" 했지만, 법은 그녀들의 편이 아니었다. 사생아를 낳은 "아주 어린 엄마가 자신의 아이를 방치해서 죽게 만든 일이 발생"하자, "그 소녀는 살인죄로 재판을 받았고, 사형을 선고받았다." 에멀린 팽크허스트는 다시 여성 참정권 시위 현장으로 향한다. 그 사이 딸들도 엄마와 함께 집회에 참여하는 동지로 훌쩍 자랐다. "나는 무슨 일이 있어도 투표권을 얻을 작정이에요."

안타깝게도 오랜 시간 "여성 참정권 운동은 막다른 골목에 부딪혀 있었다." 에멀린 팽크허스트는 1903년에 여성사회정치연합(Women's Social and Political Union, WSPU)을 설립한다. 여성들의 반응은 폭발적이었다. 의원들도 점차 우호적으로 변모하고 있었다. 하지만, "압도적인 다수"의 의원들이 참정권 법안에 찬성한다고 해도, "각료 열한 명이 적대적이면 법률로 제정될 수가" 없었기 때문에 여성사회정치연합의 운동은 답보 상태였다. 결국 약 30여 명의 여성 참정권 운동가들이 1906년 봄에 헨리 캠벨 배너먼 수상을 찾아가서 직접 법안의 필요성을 호소하기로 한다. 그들은 다우닝가 10번지 수상 관저 앞에서 "참을성 있게" 기다렸지만, 어서 떠나라는 말밖에 들을 수가 없었다. 대답을 듣기 위해 "문을 세게" 두드리자마자, "이 여자를 체포하시오."라는 명령이 이행되었다. 여성사회정치연합을 비롯한 "모든 참정권

단체"가 분노했다. 의원들도 상황을 파악하고, 200명이 "한꺼번에 정부가 발의한 여성 참정 법안의 필요성을 수상에게 촉구하는 청원서를 보냈다." 수상은 "의제에 공감하고 있으며, 의제가 옳다고 믿는 동시에, 여성들이 투표할 자격이 있다고 확신한다고" 답했다. 그러나 자신의 입장과는 달리 "내각 각료 몇 명이" 여성 참정권 "의제에 반대하기 때문에 아무 것도 할 수 없으니, 참을성 있게 기다리라고 말했다." 기득권의 벽은 높고도 견고했다.

그녀는 4년 동안 여성사회정치연합을 이끌면서 비폭력 노선을 철저하게 지켰다. 사회적 합의를 도출하기 위해서라도 필요한 전략이라고 판단했다. 그러나 시위 도중에 경찰들이 여성들을 때리고 "목을 잡고 얼굴이 새파래질 때까지 공원 울타리에 대고 찍어" 누르는 벌어졌다. 에멀린 팽크허스트도 "난투전 속에서 마루로 내동댕이쳐졌고, 심하게 다쳤다." 상황은 악화일로를 걸었다. 1907년 2월 12일에 의회에서 낭독된 국왕 연설에서 여성 참정권 법안에 관한 내용은 여전히 언급조차 되지 않았다. 에멀린 팽크허스트는 "일어나라, 여성이여" "지금 당장" 두 슬로건을 외치면서 행진했다. 영국 정부는 여성사회정치연합이 수상에게 결의안을 전달하려 했다는 이유로 "130명의 여성을 감옥에 보냈다."

여성사회정치연합 회원들은 유리창을 깨면서 정부에 저항했다. "상점 주인과 소매상과 다른 사람들이 겪은 손실에 대해서는 무척 유감"이었다. 많이 괴로웠다. 하지만, "비난"
과 "처벌"을 피하지 않겠다는 각오로 자신들의 절박함을 영
국 사회에 호소하고자 했다. 에멀린 팽크허스트는 "폭군이
남성들에게 노예의 속박을 강요할 때 남성들이 가만히 있으
면 비겁하거나 불명예스러운 것이지만, 여성들이 가만히 순
종하는 것은 존경할 만한 것이라고 남성들은 주장한다. 서
프러제트는 이런 도덕의 이중 기준을 절대적으로 거부한
다."고 포효하듯 연설했다. 에멀린 팽크허스트는 또 다시 수
감되었지만, 뜻을 굽히지 않았다.

1914년에 1차 세계대전이 일어났다. 에멀린 팽크허스트
는 독일과의 전쟁에서 영국의 승리를 위해 민간 외교 사절
단의 일원으로 러시아로 향했다. 1918년에 1차 세계대전은
끝났다. 영국은 승전국이 되었다. 누구도 그녀의 공헌을 부
정할 수 없었다. 1918년, 영국 정부는 30세 이상의 여성에게
참정권을 부여했다. 에멀린 팽크허스트는 절반의 성공에 만
족하지 않았다. 성인 여성 모두가 참정권을 얻게 되는 날을
염원했다. 남녀 동일 임금과 평등한 결혼 제도 및 동등한 이
혼 조건 등의 법안도 함께 주장했다. 하지만, 수감 생활과 단
식 투쟁 등으로 오랫동안 건강이 좋지 않았던 에멀린 팽크
허스트는 1928년 6월에 70번째 생일을 맞지 못한 채 세상을
떠난다. 영국 사회는 에멀린 팽크허스트를 잃고 몇 주 후에
드디어 옳은 법안을 통과시켰다. 1928년, 21세 이상의 모든

영국 여성들은 참정권을 획득했다. 그리고 약 한 달 뒤, 식민지 조선의 화가이자 작가였던 나혜석이 런던에 도착한다. 여성사회정치연합의 회원은 이제 여성들의 권리를 위해 "저금"을 할 때라고 나혜석에게 조언을 건넸다.

여성이 권력과 돈을 거리낌 없이 이야기할 수 있는 사회를 여성 운동의 "선각자"들은 반가워할 것이다. 2021년 1월에 미국 최초의 여성 부통령으로 취임하게 될 카멀라 해리스 당선인은 승리를 선언하는 축하 행사에서 흰색 정장을 입고 나타났다. 그녀는 영국과 미국의 여성 참정권 운동가들이 입었던 흰색 옷으로 자신의 승리를 기념하며, 매순간 전진하고 있는 여성들에게 경의와 찬사를 보냈다. 에멀린 팽크허스트, 나혜석 그리고 카멀라 해리스는 분명 다음 세대의 여성을 기다리고 있을 것이다.

시위 중인 여성 참정권 운동가.

에멀린 팽크허스트가 시위 중 경찰에게 끌려 나가고 있다.

"여성에겐 상원도 하원도 없기에" 참정권 획득이 최우선 과제였다.

1908년 트라팔가 광장에서 연설 중인 에멀린 팽크허스트.
"나는 무슨 일이 있어도 투표권을 얻을 작정이에요."

에멀린 팽크허스트의 딸들도 참정권 운동의 동지가 되었다.
딸 크리스타벨(왼쪽에서 세 번째)과 함께 감옥에서 풀려나던 날
동료들로부터 환영받는 모습.(가운데)

로자 파크스,

악법은 폐지되어야 한다

"나의 반평생 동안 미국 남부에는 모든 공공장소에서 흑인들을 백인들과 엄격하게 분리하는 법과 관습이 지배했다. 그 법은 백인들로 하여금 흑인들을 아무렇게나 취급해도 괜찮도록 허용했다. …… 몽고메리 버스에서 백인에게 자리 양보를 거부한 나의 행동이 남부의 분리주의 법률을 폐지하는 데 결정적인 기폭제가 되리라고는 상상도 하지 못했다."

로자 파크스는 1913년 미국 앨라배마주의 흑인 가정에서 태어났다. 그녀는 "여섯 살 정도가 되었을 때"부터 "우리가 자유인이 아니라는 것을 알게 되었다." 미국 남부에서는 "KKK가 흑인 거주 지역을 휩쓸고 다니며 교회를 불태우고, 사람들을 폭행하거나 죽이는 일이 비일비재했다." 몽고메리에서 백인과 흑인은 여러 가지 방식으로 "분리"되어야 했다. 전차를 함께 탈 수도, 공공 급수대를 같이 사용할 수도 없었다.

로자는 공부에 재능이 있었지만, 집안 사정으로 11학년 때 학교를 중퇴해야 했다. 로자는 1932년 12월 NAACP(미국

혹인지위향상협회)에서 활동 중이던 레이먼드 파크스와 결혼한다. 그는 이발사로 생업을 유지하면서 인권 운동가의 길을 걷고 있었다. 결혼 후, 로자는 학교에 다시 들어가 1933년에 고등학교를 졸업했다. 몽고메리에서 고등학교 교육을 받은 흑인은 "100명 중 일곱 명에 불과"했던 시절이었다. 로자는 세인트 마가렛 병원에서 조무사로 사회생활을 시작한다. 1941년에 그녀는 공군 기지인 맥스웰 필드에서 근무하게 되었는데, 그 기지는 당시로서는 매우 특별한 직장이었다. 루즈벨트 대통령이 "군사 기지 내 공공장소와 버스에서의 흑백 분리주의를 금지하는 명령을 발표했기 때문"에 로자는 백인 동료들과 함께 버스에 앉을 수 있었다. 로자는 악법 폐지야말로 세상을 가장 빨리 또 확실하게 바꿀 수 있는 방법이라는 사실을 깨달았다. 그녀는 "어릴 때부터 백인들로 하여금 흑인들을 아무렇게나 취급해도 괜찮도록 허용한 법과 관습"이 불공평하다고 생각했다.

그녀는 1943년 12월에 NAACP에 가입하고, 몽고메리 지부의 간사가 되었다. 흑인에 대한 차별 및 부당 행위를 접수받아 기록하는 업무를 맡았다. 현실은 참혹했다. 새로운 방식으로 싸워야 할 때가 되었다고 믿었다. 투표권부터 도전하기로 한다. 로자는 1943년부터 유권자 등록을 시도했다. "무사히 사무소 안에 들어가는 데 성공해도 등록에 실패하는 경우가 많았다. 그 이전에는 재산을 소유한 흑인만 등록을 해주었다. 내가 등록할 무렵에는 재산을 소유하거나 문해(文解) 시험에 통과한 사람만 등록이 허락되었다." 시험 결과는 사무소 직원들에게 달려 있었다. "내가 문해 시험에 떨어졌을 리가 없다고 믿었지만 확인할 도리는 없었다." 1945년에 세 번째 시험에 도전했다. 이번에도 떨어지면 "사무소를 상대로 소송을 걸 생각"으로 답안을 따로 적어 보관했다. 며칠 후, 로자에게 선거 등록증이 도착했다. 그녀는 절차가 복잡하고 실패를 감당할 자신이 없다는 이유로 쉽게 포기해 버리는 "습관"을 가장 경계했다.

하지만, 미국 사회는 점차 폐쇄적인 분위기로 흘러가고 있었다. "제2차 세계대전이 끝난 후인 1940년대 말에는 흑인에 대한 백인의 폭력이 훨씬 더 횡행했다. 고향으로 돌아온 흑인 병사들은 나라를 위해 싸웠으니 자신들도 백인들과 동등한 권리를 가질 자격이 있다고 생각했다." 흑백 분리 체제를 옹호했던 백인들은 "흑인 참전 군인들이 너무 건방져져 간다고" 받아들였다. 로자는 사회 분위기가 퇴행적일수록 법적 정의가 실현될 수 있는 방법을 적극적으로 모색했다. 1954년에 미국 연방 대법원은 「브라운 대 교육위원회 최종 판결」을 발표하며, 흑백 분리 교육은 평등 이념에 배치되는 위헌임을 밝혔다. 1925년부터 흑백 분리 교육 폐지를 위해 싸워온 NAACP는 "대법원 판결이 다른 흑백 분리 관행들, 예컨대 흑백 분리 버스 탑승 제도 등에도 적용될 수 있을 것이라 생각했다." 로자는 분리주의 법 철폐를 위해 앞으로 무엇을 해야 할 것인지 고심했다. 1955년 여름에 테네시주에서 "인종통합: 대법원 판결의 적용 방안"을 주제로 열흘 동안 워크숍이 개최되자, 로자도 사비를 털어 참가했다. 그녀는 분리주의 관련 법안 폐지와 제도 개선이 뒤따르지 않는다면 대법원의 판결이 흑인들의 삶을 직접적으로 변화시킬 수 없을 것이라는 결론을 얻게 된다.

무엇보다 버스 분리 탑승 제도를 하루 빨리 폐지시켜야 했다. "버스 승객의 66퍼센트 이상이 흑인"이었다. 그럼에도 흑인 승객은 백인들에게 좌석을 무조건 양보해야 했고, 분리된 채로 이동해야 했다. 로자를 비롯한 NAACP 활동가들은 버스 회사와 몽고메리 시장, 시의원들에게 절규하듯 호소했지만, 기득권 세력들은 악법을 자신들의 이익을 위해 어떻게 활용할 것인가에만 관심이 있었다. 로자는 시를 기소하는 수밖에 없다고 생각했다. 그러나 고소인을 찾기가 쉬운 일이 아니었다. 그 다음으로 그녀가 제안한 방법은 승차 거부였다. 약 70퍼센트에 육박하는 흑인 승객들이 승차를 거부하면, 버스 회사가 경제적으로 타격을 입게 될 것이고 결국에는 승복하게 될 것이라고 판단했다. 하지만, 대부분의 승객들은 출퇴근용으로 버스를 이용하고 있었기 때문에 승차 거부는 곧 생계와 직결되는 문제였다. 로자는 사회적 약자들이 불평등한 세상과 싸우는 동안 얼마나 많은 희생을 감내하는지 잊지 않고자 했다.

로자의 승차 거부 운동은 조금씩 설득력을 얻어가고 있었다. 1955년 봄에 십 대 소녀인 클로데트는 백인에게 자리를 비켜주기를 거부했다. 이내 경찰이 달려와서 그녀를 체포했다. 그러나, "일군의 활동가들"은 법정 투쟁 대신 "버스 회사 관리들과 시 관리들에게 청원서를 제출"하는 방식으로 문제를 해결하고자 했다. 로자는 청원서 제출에 완강하게 반대했다. "손에 종이 한 장 들고 가서 백인들에게 이것저것 좀 해주십사 부탁하는 행위는 결코 내키지 않았다. 그런 일은 절대로 하지 않겠다고 나는 내 자신과 약속했다." 로자가 예상한 것처럼, 시 당국과 버스 회사는 몇 달이 지나고 나서야 "어떤 요구도 들어줄 수 없다"는 답변을 귀찮다는 듯이 했다. "흑백 분리와 인종 차별을 없애는 일"이 얼마나 지난한 싸움인지 깨달을수록 평등한 사회를 향한 그녀의 열망은 더욱 커졌다.

1955년 12월 1일, 로자는 백인 승객에게 자리를 내주라는 버스 운전사의 지시를 끝까지 거부했다. 경찰이 출동해 그녀를 체포했다. 로자는 1997년에 출간한 자서전 『나의 이야기』에서 당시 버스 운전사의 폭력적인 "명령"이 너무나 "지긋지긋해서" 도저히 자리를 비켜줄 수 없었다고 밝혔다. 그녀는 구치소로 끌려갔고, 출소하자마자 승차 거부 운동을 주도해 나갔다. "언론이 그녀의 뒤를 캐고 흠집을 찾으려 애썼지만 아무것도 찾아내지 못했다." 오히려 그 과정에서 그녀는 "정직하고 청렴하게" 살아왔다는 평가를 얻게 된다. 1955년 12월 5일부터 승차 거부 운동이 시작되었다. "흑인들에게도 권리가 있습니다. 흑인들이 버스를 타지 않으면 버스 회사도 살아남을 수 없을 것입니다. 버스 승객의 4분의 3이 흑인입니다. 그런데도 우리는 체포됩니다." 시민들은 승차 거부 운동에 적극 동참했다. 버스는 텅 빈 채로 운행되어야 했다. 로자는 흑백 분리법 위반으로 유죄 판결과 집행유예 및 벌금을 선고받았다. 진보적인 종교인들이 주축이 되어 몽고메리의 흑인 인권 운동을 대중화시킬 수 있는 조직을 만들었다. 마틴 루터 킹 목사가 MIA(Montgomery Improvement Association. 몽고메리개선협회)의 의장으로 선출되었다. 킹 목사는 위대한 연설가였다. "때가 왔습니다. 우리는 지칠 대로 지쳐버렸습니다. …… 차별당하는 것에, 모욕당하는 것에 지쳤습니다. 억압이라는 잔혹한 발에 밟히고 또 밟히는 것에 지쳤습니다."

승차 거부 운동은 2주째로 장기화 국면에 접어들었다. 로자는 1956년 1월에 근무지였던 몽고메리 페어 백화점에서 뚜렷한 이유도 없이 갑자기 해고된다. 그녀는 MIA 활동에 매진했다. 승차 거부 운동이 지속되면서 실직자들이 늘어났고 그들의 생활고도 심각해졌다. 걸어서 출퇴근하는 사람들에게는 여러 켤레의 신발이 필요했다. 로자는 미국 전역에서 생필품을 모아 나누어 주는 일을 맡았다. 승리를 낙관하기 어려운 상황이 펼쳐지고 있었다. 1956년 2월에 몽고메리 경찰은 승차 거부 운동을 주도했다는 이유로 로자를 비롯한 89명의 활동가들을 체포한다. 이 시기에 프레드 그레이 변호사가 연방 지방법원에 버스 분리 탑승 제도에 대한 "위헌" 심판 소송을 제기하자, 얼마 후 몇몇 백인 변호사들은 승차 거부 운동이 "불법"이라고 법원에 제소했다. 1956년 6월, 특별 연방 지방법원 재판부는 2대 1로 버스 분리 탑승이 "위헌"임을 선포했다. 6개월 후인 1956년 12월 21일에 흑백 통합 버스 제도가 시행되었다. 1년 이상 계속되었던 승차 거부 운동을 승리로 이끌어낸 로자는 버스 앞좌석에 앉아 창밖을 바라본다. 그녀는 분명 새로운 풍경을 보게 되었을 것이다.

로자는 1963년 연방 시민권법의 통과를 요구하는 워싱턴 대행진에 참석했다. 그녀는 "시민권 투쟁에 참여해 온 여성"으로 조세핀 베이커와 더불어 대중 앞에 소개되었다. 1964년 린든 베인즈 존슨 대통령은 시민권법을 "밀어붙였다." "그 법은 흑인들에게 투표권과 공공 시설 사용권을 보장했으며, 그 법을 준수하지 않는 사람을 연방 정부가 기소할 있도록 명시했다." 그녀는 법에 언제나 관심이 많았다. 1965년 3월 1일부터 로자는 변호사 출신의 하원의원 존 코니어스 사무실에서 근무를 시작했다. 그 곳에서 23년을 근

여성, 정치를 하다

속한 그녀는 1988년에 퇴직한 후, 저술과 강연 활동을 이어 나갔다.

　로자 파크스는 2005년 10월 92세의 나이로 세상을 떠났다. 콘돌리자 라이스 전 국무 장관은 로자 파크스의 장례식에 참석해 묵직한 추도사를 남겼다. "그녀가 없었다면 저는 국무 장관이 될 수 없었을 것입니다." 콘돌리자 라이스는 아홉 살 되던 해인 1963년 앨라배마주 버밍햄에서 KKK단이 일으킨 폭발 사고로 친구를 잃은 상처를 안고 있었다.

　로자 파크스의 사회적 존재감은 건재하다. 2013년 2월, 버락 오바마 전 대통령은 워싱턴 국회의사당에서 열린 로자 파크스 동상 제막식에서 "그분의 동상을 이곳에 모신 것은 잘한 일"이라고 언급했다. 로자 파크스는 인간의 삶을 파괴하는 악법을 폐지시키고 사회적 약자들에게 최소한의 보호막이 되어줄 수 있는 "원대하고 획기적인" 법이 정착되는 과정이 민주주의임을 여실하게 증명한 정치인이었다. 그녀의 싸움은 아직 끝나지 않았다.

버스 승차 거부 운동의 주동자 중 한 명으로 검거되어
지문 날인 중인 로자 파크스.(1956년 2월)

로자 파크스는 흑인을 억압하는 악법을 폐지하는 것이 가장
확실하게 세상을 바꾸는 방법임을 잘 알았다. 사진 속 그의
뒤에 마틴 루터 킹 목사가 보인다.(1955년)

흑인 여성인 콘돌리자 라이스 전 국무 장관은 그의
장례식에 참석해 묵직한 추도사를 남겼다.
"그가 없었다면 저는 국무 장관이 될 수 없었을
것입니다."

엘리자베스 워런,

Elizabeth Warren

월스트리트의 보안관은 물러서지 않는다

"우리는 권력을 쉽게 포기할 사람은 아무도 없다는 것을 알고 있고, 기업 최고경영자와 억만장자에서부터 정치인과 이른바 권위자에 이르기까지 현재의 시스템에서 이익을 얻는 사람들이 변화를 쉽게 받아들이려고 하지 않으리라는 것도 알고 있다. …… 그러나 우리는 싸워야만 얻을 수 있는 것을 싸우지 않고 얻을 수는 없다는 것도 알고 있다. 우리는 우리의 목소리를 낼 수 있고 투표권도 가지고 있다. 그리고 이 나라는 민주주의의 나라이므로 모두가 들을 수 있도록 우리의 목소리를 크게 낸다면 더 많은 기회를 만들어낼 수 있다."

1998년 5월, 여성 정책을 지지하는 정치인들을 위한 기금 모금회가 보스턴에서 열렸다. 낸시 펠로시, 셰일라 잭슨 리 등 여섯 명의 여성 하원의원이 행사의 주인공이었지만, 스타는 따로 있었다. 당시 대통령 부인이었던 힐러리 클린턴의 연설에 청중은 "환호하며 펄쩍펄쩍" 뛰었다. 하버드 대학교 로스쿨에 재직 중이었던 엘리자베스 워런은 힐러리가 자신을 왜 그 자리에 초대했는지 짐작할 수 없었다. 연설을 마친 힐러리는 엘리자베스 워런에게 다가와 악수를 청했다.

"워런 교수님이시군요. 여성과 파산에 관한 선생님의 《뉴욕 타임스》 칼럼을 잘 읽었습니다. 선생님을 뵙고 이야기를 나누고 싶었습니다." 몇 주 전부터 재정난에 처한 중산층 가정의 파산 보호 축소를 골자로 한 법안이 하원에서 통과될 조짐이 나타났다. 워런은 법안 통과를 막기 위해 동분서주하고 있었다. 힐러리는 본론으로 직진했다. "두 가지 질문을 드리고 싶습니다. 파산법이 여성들의 삶에 어떤 영향을 끼칩니까? 그리고 어떻게 여성으로서 하버드 법학 대학원의 교수가 되셨습니까?"

워런은 1981년부터 약 20년간 파산 신청을 한 여성의 수가 약 6만 9,000명에서 50만 명으로 급증하게 된 상황을 설명했다. 힐러리는 30분 만에 파산법의 본질을 파악했다. "힐러리와 같은 사람은 본 적이 없었다. 그녀는 조급하고 번개처럼 빠르며 모든 미묘한 차이에 흥미를 내보였다." 힐러리는 법안 통과 반대를 위해 최선을 다할 것을 약속했다. 2000년 10월에 의회가 파산법 관련 법안을 통과시켰지만, 클린턴 대통령은 '거부권'을 행사했다. 그런데 사람의 앞날은 도무지 알 수가 없다. 이듬해, 힐러리는 다른 사람이 되었다. 한 차례 거부되었다가 다시 상정된 파산 법안에 뉴욕 상원의원 힐러리는 찬성표를 던졌다. 힐러리의 입장 변화를 어떻게 받아들여야 할까? 그때까지 대학에서 파산법을 연구하고 학생들을 가르쳐온 워런은 힐러리의 '변심'을 겪으며 현실 정치의 작동 원리를 가까운 거리에서 들여다보게 되었다.

2000년 10월은 클린턴 정부의 임기 말이었으므로, "선거 운동 기부금이 없어도 괜찮았다." 2001년에 뉴욕 상원이 된 힐러리 클린턴은 더 이상 "원칙적인 견해를 유지할 수 없었다. …… 상원의원 힐러리는 한 해에 은행 업계에서 선거 기부금으로 14만 달러를 받아 상원에서 두 번째로 많은 정치헌금을 받은 의원이 되었다. 거대 은행들과 힐러리는 이제 한편에 섰다." 워런은 미국 정계가 재계의 영향력 아래에서 움직이고 있다는 사실을 목격했다. 학계의 일원이라고 해서 안도할 수는 없었다. 더 이상 소수의 엘리트들에게만 사회 분석의 틀을 제공하고 싶지는 않았다.

2003년, 미국의 중산층 가정이 맞닥뜨린 파산 상황을 구조적으로 분석한 『맞벌이의 함정』이 출간되었다. 워런은 주거비와 교육비, 의료비 감당이 어려워진 미국 중산층 가정의 현실을 법학 전공자가 아니더라도 쉽게 이해할 수 있도록 책을 썼다. 일자리는 감소 추세로 접어들었지만, 교육비와 의료비는 천정부지로 치솟고 있었다. 금융규제 완화에 더욱 속도가 붙었다. 신용카드 발급과 주택담보 대출 상품이 날개를 달았다. 성실하게 일하며 더 나은 내일을 꿈꾸는 보통 사람들이 연체 이자율에 허덕이다 파산하는 경우가 비일비재했다. 몇몇 개인에 국한된 문제가 결코 아니었다.

실제로 워런이 "2003년에 경고했던 주택 법정 처분 사태가 문제가 되어 2008년 전후에 세계적인 경제 붕괴가" 일어났다. '서브프라임 모기지 사태'였다. 수백만 명이 하루아침에 직장을 잃고 집을 빼앗겼다. 2008년 경제 붕괴가 미국에 초래한 사회적 손실은 약 14조 달러로 추정되었다. 네바다 상원의원이자 민주당 원내 대표였던 해리 리드는 미국 최고의 파산법 전문가를 찾아 나섰다. 상황이 급박했다. 해리 리드는 그때까지 일면식도 없었던 워런에게 전화를 걸어 용건부터 이야기했다. 재무부가 집행할 7,000억 달러 규모의 금융 긴급구제 자금의 감독 업무를 맡아줄 것을 간청했다.

워런은 재무부의 책임부터 짚어보고자 했다. "아주 쉽고 간단한 언어로" 질문지를 작성해 재무부를 추궁했다. "재무부의 전략이 압류를 줄이는 데 도움이 되고 있습니까?" "금융기관들은 지금까지 받은 납세자들의 돈으로 뭘 했습니까?" "이것은 국민에게 공정한 거래입니까?" 관료 집단은 꿈쩍도 하지 않았다. "재무부 장관이 대놓고 의회 감독위원회 감독위를 무시한 것이다."

금융 개혁 의지를 가진 새로운 지도자가 그 어느 때보다 절실한 시점이었다. 2009년 1월, 대통령에 취임한 버락 오바마는 2010년 7월 21일에 소비자금융보호국 설립을 포함한

금융 개혁 법안에 서명했다. 그리고 즉각 워런에게 소비자 금융보호국을 "이끌어달라고" 부탁했다. 워런은 먼저 금융 회사들의 상품으로 피해를 입은 약 2,500만 명의 사람들에게 금융 회사가 110억 달러 이상의 돈을 직접 돌려주게 했다. 금융 회사들의 회계 감사를 전면 실시하고, 소비자 불만 신고 센터를 개설해서 77만 건 이상의 소비자 불만 사건을 처리했다. 워런은 "월가(街)의 새 보안관" "월가의 저승사자"라는 별명을 얻었다.

워런을 경계하고 음해하는 세력들은 극단적인 강경 노선을 취했다. 공화당 의원들은 워런을 소비자금융보호국의 국장으로 임명한다면 대치 국면에 돌입하겠다고 선전포고했다. "앨라배마주의 공화당 소속 리처드 셸비 상원의원은 화가 나서 이렇게 소리를 질러댔다." "난 절대로 워런을 지지하지 않을 거요. 이건 권력 찬탈이야." 안정적인 국정 운영을 위해 오바마 대통령은 타협할 수밖에 없었다. 워런은 "소비자금융보호국에 대한 재무부 장관의 특별 고문이자 대통령 보좌관으로 임명됐다." 워런에게서 그 자리마저 빼앗아야 안심이 되는 사람들이 있었다. "그들이 원하는 건 나만 아니면 된다는 것이었다." 워런은 대통령에게 직접 사직서를 제출했다. "나는 바로 짐을 꾸렸다. 매사추세츠로 돌아왔다."

워런은 박해받을수록 담대하게 행동했다. 손바닥으로 하늘을 가릴 수는 없었다. 퇴임 압박에 시달리면서도 끝까

여성, 정치를 하다

지 금융 개혁을 추진한 워런의 진정성이 재조명되기 시작했다. 어울하게 사퇴할 수밖에 없었던 워런의 처지에 공감하는 사람들이 늘어났다. 그들은 "전화 교환원과 건물 정비원의 딸이 지방대를 졸업해서 결국 하버드 교수까지 된 이야기"를 좋아했다. 워런의 대중적 인지도가 껑충 뛰었다. 이제 62세가 된 워런은 하버드로 돌아가 연구에 매진하며 "은퇴 계획에 대해 생각할" 참이었지만, 마주치는 사람들마다 매사추세츠 상원의원에 출마할 것을 권유했다.

"당신이 필요해요. 날 위해 싸워주세요. 그게 얼마나 힘들지는 상관없어요. 당신이 싸울 거라는 걸 알아야겠어요." 정계와 재계, 학계의 주류 엘리트들과 싸우면서도 표정 하나 바뀌지 않았던 워런은 미국 사회에서 희망이 사라지고 있다는 젊은 여성의 절망적인 말을 듣고 안절부절못했다. 덜컥 상원의원 출마를 약속한다. 한 학기에 50달러만 내고 대학을 다닐 수 있었던 워런은 자신이 받은 사회적 혜택을 인정했다. 미국 사회에 진 채무를 갚고 싶었다.

2011년 9월, 주 방위군 대령 출신에 개인 재산이 약 1,000만 달러 가까이 될 뿐만 아니라 "월가가 총애하는 의원"이라고 불리는 공화당의 상원의원 스콧 브라운에게 워런은 도전장을 던졌다. 그러나 언론은 워런에게 예상 밖의 질문을 던졌다. "여자 후보로 출마하니 어떤가요?" 그때까지 "매사추세츠에서 상원이나 주지사로 당선된 여자는 한 명도

"당신이 필요해요. 날 위해 싸워주세요."
젊은이의 호소에 그는 정치인으로서의 인생을
시작한다. 뉴욕에서 유세 중 지지자와 함께.(2019년)

없었다. 그리고 이곳의 많은 사람이 여자는 상원이나 주지사로 선출될 수 없다고 생각하고 있었다." 미국 동부의 엘리트 사회를 상징하는 매사추세츠의 정치 권력은 2011년까지도 남성들의 전유물이었던 것이다. "현실을 직시하세요. 이런 큰 정치판은 남자들의 게임이랍니다."

워런은 선거라는 새로운 싸움을 치러야 했다. 하나둘씩 여자들이 모였다. "미국 상원 역사상 가장 오랫동안 영향력을 발휘해 온 바버라 미컬스키 의원이 여성들을 결집시키기 위해 매사추세츠에 왔다. …… 여고생들이 은퇴한 지 20년이 넘은 여자들과 같이 자원봉사를 했다."

엘리자베스 워런은 열아홉 살에 결혼을 했다. 출산과 양육으로 경력 단절의 시기도 겪었다. 워런은 공립 초등학교 교사 생활을 하면서 로스쿨 진학을 준비했다. 법학 공부에 매력을 느낀 워런은 박사 학위를 취득했고, 교육자로 쌓은 경력과 파산법 연구 업적을 인정받아 46세 되던 해인 1995년에 하버드 대학교 로스쿨 교수로 임용되었다. 여성 유권자들은 워런의 삶에 박수를 보냈다. 선거 캠프는 오로지 투표율에 워런의 승패가 달려 있다고 판단했다. "선거 전주에 우리 자원봉사자들이 3000가구가 넘는 집을 방문하고 70만 통이 넘는 전화를 했는데 이는 매사추세츠주 사상 최고의 수치였다고 한다." 유권자들이 움직이기 시작했다. "매사추세츠 사상 최고의 투표율인 무려 73퍼센트"를 기록

했다.

2012년 11월 6일, 매사추세츠 최초의 여성 상원의원으로 당선된 엘리자베스 워런은 "어른이 된다는 것, 책임을 진다는 것, 살아가기 위해 꼭 해야 하는 일이 어떤 것"인지를 죽는 날까지 잊지 않기로 스스로에게 약속했다. 2018년 8월 16일, 매사추세츠 재선 상원의원 워런은 "책임 자본주의법"을 발의했다. 미국 회사법의 근간을 유지하는 대신 연방 차원의 감시·감독 기능을 강화하자는 요지의 법안이었다.

2020년 여름, 미국의 "현재 시스템에서 이익을 얻는 사람들"은 차기 대통령 선거를 앞두고 잔뜩 겁을 먹고 있다. 엘리자베스 워런이 비록 대선 후보는 아니지만, 그가 다음 민주당 정권의 재무부 장관이 되면 미국에 먹구름이 닥칠 뿐아니라 세계 경제가 큰 어려움에 봉착할 것이라고 장담하며 연막을 치고 있다. 엘리자베스 워런이 순순히 물러설 것 같지는 않다. 민주주의의 가능성을 증명하기 위해서라도 그녀는 끝까지 싸울 것이다. 엘리자베스 워런의 목소리가 더욱 커지길 바란다.

미첼 바첼레트,

분노와 원한으로부터 칠레를 구해내다

"고문 후유증은 개인이 혼자서 감당하거나 극복해야 할 문제가 아닙니다. 정부는 진실과 정의를 회복하겠다는 강력한 의지를 가지고 국가 폭력의 피해자들에게 배상을 추진 중입니다. 이 중대한 원칙은 앞으로도 변함없이 지켜질 것입니다."

2006년, 칠레 최초의 여성 대통령으로 세계 최초의 남녀 동수 장관 내각을 출범시켰던 미첼 바첼레트는 국가 폭력 트라우마 치유와 관련해 분명한 소신을 밝혔다. 사실 그녀 자신도 국가 폭력 생존자였다. "저는 분노와 원한이 제 삶을 통째로 잡아먹지 못하도록 안간힘을 썼습니다." 칠레의 굴곡진 현대사는 미첼 바첼레트 가족사와도 밀착되어 있다.

1973년 9월 11일, 칠레에서 군사 쿠데타가 일어났다. 아우구스토 피노체트는 군 총사령관에 부임한 지 한 달 만에 권력을 탈취한다. 쿠데타 세력들은 아옌데 대통령에게 투항을 명령했다. 아옌데 대통령은 군부의 손을 잡지 않았다. 그는 라디오 연설로 국민들에게 '작별 인사'를 건넨다. 살바도르 아옌데는 자신을 대통령으로 선출해 준 칠레 국민들에게 끝까지 신의를 지켰다. "저는 결코 사임하지 않을 것입니다. 제가 여러분에게 분명하게 드릴 수 있는 말씀은 그것뿐입니다. 국민들께서 제게 주신 충정에 제 목숨을 바쳐 보답하고자 합니다." 그는 의연하게 최후를 맞았다. "여러분께 간곡히 호소합니다. 믿음을 잃지 마십시오. 우리는 이 암울하고 고통스러운 시기를 반드시 극복해 낼 것입니다. …… 머지않아 드넓은 가로수 길이 열릴 것입니다. 자유를 사랑하는 사람들이 보다 나은 사회를 향해 위대한 길을 만들어갈 것이라고 저는 굳건히 믿습니다." 대통령 관저인 모네다 궁에 폭탄이 투하되었다. 아옌데 대통령의 자리를 차지한 피노체트는 1973년부터 1990년까지 17년 동안 독재자로 칠레 국민들을 탄압했다. 반정부 인사들을 무자비하게 숙청했다. 양심적인 군인들도 예외가 아니었다.

공군 준장이었던 미첼의 아버지 알베르토 바첼레트는 아옌데 정부에서 물가관리위원 등의 중책을 맡은 바 있었다. 알베르토 바첼레트 장군은 군인으로서의 자존심을 끝까지 지켰다. 그는 피노체트 정권의 회유를 단호하게 거절했다. 군사 독재 정권은 공포 정치 이외에는 권력을 운용할 방법을 알지 못했던 것일까? 그들은 알베르토 바첼레트에게 반역죄를 뒤집어씌웠다. 알베르토 바첼레트는 공군사관학교에 감금된다. 모욕적인 수사와 처참한 고문이 이어졌다. 1974년 3월에 알베르토 바첼레트는 목숨을 잃게 된다. 비극은 고문치사 사건으로 끝나지 않았다. 피노체트 정권은 유족들을 철저하게 감시하는 것으로도 부족해 그들을 궁핍으로 몰아갔다. 고인의 은행 계좌를 동결시켰다. 남은 가족들은 극심한 생활고에 시달렸지만, 정치적 소신을 굽히지 않았다.

미첼 바첼레트는 어린 시절부터 아버지와 많은 대화를 나누었다. 아버지는 정의감이 투철한 딸이 칠레의 의료 기술과 보건 정책의 발전에 기여하는 인재로 성장하길 원했다. 딸에게 의과대학 진학을 적극적으로 권유했다. 1970년에 칠레 대학교 의과대학에 입학한 미첼 바첼레트는 의학과 사회학을 열심히 공부했다. 아버지를 국가 폭력으로 잃고 난 뒤부터, 미첼은 사회 모순에 더욱 깊은 관심을 가지게 된다. 사상범으로 수배 중이던 운동가들을 조직적으로 돕기 시작했다. 학생운동의 주역으로 활약한다.

1975년 1월, 미첼 바첼레트의 집에 정체불명의 사람들이 들이닥쳤다. 피노체트의 정권 유지에 앞장섰던 비밀 경찰은 칠레의 아우슈비츠라고 불리는 '비야 그리말디(Villa Grimaldi)'로 미첼 바첼레트 모녀를 끌고 갔다. 한 사람씩 고문을 당했다. 미첼 바첼레트는 어머니와 함께 망명길에 오르기로 한다. 1975년 2월에 칠레를 떠났다. 호주를 거쳐 독일에 정착했다. 미첼은 베를린 훔볼트 대학교에서 의학 공부

여성, 정치를 하다

아버지를 군사 독재 정권의 고문 치사 사건으로
잃고 난 뒤부터 그는 사회 모순에 더욱 깊은
관심을 가지게 된다. 십 대 시절 아버지와 함께.

를 했지만, 칠레의 미래를 포기할 수는 없었다. 미첼 바첼레트는 1979년에 고국으로 돌아왔다. 하지만, 칠레의 정치적 상황은 더욱 악화되어 있었다. 1980년에 피노체트는 헌법까지 고쳐가며 군부의 장기 집권을 획책했다.

미첼 바첼레트는 군부 독재 정권과 제대로 싸우기 위해서라도 전문성부터 쌓기로 결심한다. 그녀는 1970년에 입학했던 칠레 의과대학을 12년 만에 졸업한다. 1982년에 외과 의사 자격을 취득했다. 환자들에게 문턱이 낮은 병원을 운영하고 싶었다. 피노체트 정권은 연좌제와 반정부 시위 경력을 문제 삼아 그녀의 개업을 막았다. 미첼 바첼레트는 1983년부터 스웨덴 정부가 운영하는 로베르토 어린이 병원에서 소아과 전문의 과정을 이수하는 한편 산티아고 및 칠레 전역에서 고문을 받거나 실종된 사람들의 자녀들을 돕는 비정부 기구인 '국가 비상사태에 의한 피해아동 보호센터'에서도 열정적으로 활동한다. 이 기구에서 미첼 바첼레트는 1990년까지 의료 담당 책임자로 근무했다.

칠레의 민주화 열기는 점차 높아졌지만, 피노체트 정권은 공고했다. 폭정을 끝내기 위해서 특단의 조치가 필요했다. 범(汎) 진보 진영은 단일화를 결정한다. 기민당, 사회당, 민주사회당, 사회민주급진당 등 진보 정당들은 1988년에 피노체트의 집권 연장을 막기 위해 뭉쳤다. 서광이 비쳤다. 1989년 12월 총선에서 진보 연합은 승리했다. 칠레는

1990년에 평화적인 방법으로 정권 교체를 이뤘다. 아옌데의 예언은 적중했다. "자유를 갈망하는" 칠레인들은 더 나은 사회를 만들기 위해 전력을 다했다. 1990년에 새롭게 출범한 칠레 정부는 각 분야의 우수한 인재들을 적극적으로 찾아 나섰다. 미첼 바첼레트는 보건복지부에 발탁되었다. 그녀는 국가에이즈 위원회에서 활동하는 한편, 세계보건기구 자문역도 맡았다.

의사이자 시민운동가, 보건 행정 전문가로 보폭을 넓힌 미첼 바첼레트는 1996년에 새로운 도전에 나선다. 45세의 나이로 칠레 국립정치전략 아카데미에 입학해서 군사학 공부를 시작했다. 최우수 성적으로 국립정치전략 아카데미를 졸업한 미첼은 1997년에 정부 장학생으로 선발되어 미국 워싱턴 D.C의 안보대학(Inter American Defense College)에서 유학했다.

미첼의 전문성과 실무 능력은 칠레 사회에서 점차 큰 주목을 받기 시작했다. 2000년, 칠레 대통령 선거에서 승리한 리카르도 라고스는 미첼을 보건복지부 장관으로 임명한다. 공공 보건의료 제도의 재정비가 시급했다. 미첼 바첼레트는 의료 시설의 개방성과 접근성 제고(提高)에 사활을 걸었다. 그녀는 칠레의 공공 보건의료 체제를 전면적으로 개편하고자 했다. 주말은 물론이고 24시간 운영되는 의료 서비스를 구축해서, 칠레 국민들이 언제라도 병원을 찾아갈 수 있는 제도적 기반을 마련했다. 국민들의 만족도가 높았다. 리카르도 라고스 대통령은 또 한 번 파격적인 인사를 단행한다.

2002년, 미첼 바첼레트 국방부 장관에 취임한다. 리카르도 라고스 대통령은 그녀가 칠레의 역사를 새롭게 써 내려갈 정치인이라고 확신했다. 그러나 임명권자의 결정은 존중받지 못했다. 51세의 여성, 게다가 군 외부 출신인 미첼 바첼레트를 '최고 사령관'으로 절대 받아들일 수 없다며 완강하게 버티는 세력이 많았다. 고문 치사 사건의 피해자 유족인 미첼 바첼레트가 사건 관련자들을 찾아내 그들에게 보복할 것이 분명하다고 주장하며 그녀의 장관 임명을 반대하는 사람들도 있었다.

리카르도 라고스 대통령은 장관 임명을 강행한다. 미첼 바첼레트는 국방부 장관 취임 전 자신에게 제기되었던 모든 논란을 이내 잠재웠다. 국내 안보 전략, 무기 구입 및 군대 연금 제도와 신규 군대 설비 구축 등 중요한 사안들을 신중하게 처리해 갔다. 공적인 업무에 사적인 원한을 조금도 섞지 않았다. 그녀가 최우선적으로 생각한 국방부 장관의 임무는 군사력 강화였다. 칠레 군의 현대화를 적극적으로 추진했다. 미첼 바첼레트는 군과 민간 사이를 이을 수 있는 유일한 정치인이라는 평가를 받았다. 그녀는 국가 화합의 상징이 되었다.

대선 주자로 껑충 뛰어올랐다. 미첼 바첼레트가 사회

여성, 정치를 하다

당의 대통령 후보가 되어야 한다는 여론이 형성되었다. 2004년 9월, 그녀는 국방부 장관직을 사임한다. 대통령 선거에 출사표를 던졌다. 그녀는 "교육의 평등, 삶의 질 향상, 의료 복지"를 주요 공약으로 채택했다. 대통령이 되고 싶은 이유가 분명했기 때문이다. 칠레 국민들이 "꿈을 펼칠 수 있는 사회"를 만들고 싶었다. 미첼 바첼레트의 당선이 유력해지자, 그녀의 사생활을 캐내 공격하는 무리들이 등장한다. 미첼은 끄떡도 하지 않았다. "저는 이혼녀입니다. 종교에 회의적입니다. 불가지론자에 가깝습니다. 그리고 저는 사회주의자입니다. 이 모든 조건들이 칠레의 대통령 후보인 저에게 불리하다 못해 치명적인 약점이 된다는 사실을 잘 알고 있습니다. 그러나 저 자신을 속이고 싶지 않습니다. 저를 숨기고 싶지도 않습니다." 미첼 바첼레트는 여성 정치인으로서 하고 싶은 말도 당당하게 밝혔다. "칠레는 여성을 오랜 시간 내팽개쳐 왔습니다. 이제 달라져야 합니다. 칠레 여성들은 모든 것을 할 수 있는 능력을 가지고 있습니다. 저는 칠레가 여성들에게 더 많은 기회를 부여할 수 있도록 최선을 다할 것입니다."

2006년 1월 결선 투표에서 승리한 미첼 바첼레트는 2006년 3월 11일에 칠레 대통령으로 취임한다. 그녀는 남녀 동수로 구성된 내각 장관들과 함께 칠레의 번영을 모색했다. 그리고 군부 독재 정권 시절 자행되었던 국가 폭력의

대통령 재임 기간 동안 그는 국가 폭력의 피해자들에게
정부 차원의 배상과 진실 규명을 일관되게 추진했다.
2014년, 칠레의 국민들은 그를 다시 한번 대통령으로
선택했다.

피해자들에게 정부 차원의 '배상'과 '진실 규명'을 일관된 의지로 추진했다. "칠레가 당신과 함께한다." 대통령 선거를 치르는 동안 자신이 외쳤던 구호를 잊지 않았다. 그녀의 진심이 국가 폭력 희생자들에게 전해졌다. 경제 성장에도 박차를 가했다. 실용주의 정책을 적극 채택했다. 2010년 1월, 칠레는 경제협력개발기구(OECD)에 가입한다. 두 달 뒤, 그녀는 임기를 마치고 명예롭게 대통령직에서 물러났다. 국제 기구가 그녀에게 도움을 요청했다. 미첼 바첼레트는 퇴임 직후인 2010년부터 2013년까지 성 평등과 여성 권익 증진을 위한 유엔 여성기구 총재로 공직 활동을 이어 나갔다.

한편, 칠레 국민들은 미첼이 정계로 복귀하기를 기다리고 있었다. "미첼 바첼레트, 2014년에 다시 만나요!" 그녀는 재선에 성공했다. 미첼 바첼레트는 2014년 3월부터 2018년 3월까지 두 번째 대통령직을 수행했다. 유엔도 그녀를 다시 찾았다. 2018년 대통령직 퇴임 후부터 2021년 현재까지 미첼 바첼레트는 유엔 인권최고대표로 재직 중이다. 미첼 바첼레트는 유엔 인권최고대표로 사형제도 폐지와 대북 경제 제재 완화, 북한 인권 개선, 차별 혐오 금지 등의 정치적 메시지를 꾸준히 발표하고 있다. 험난한 여정을 두려워하지 않는 여성 정치인의 용기를 예찬한다.

말랄라 유사프자이,

열한 살에 정치를 시작하다

Malala Yousafzai

"베나지르는 내가 두 살 때부터 망명 중이었지만, 나는 아버지에게 그녀 얘기를 아주 많이 들어서 그녀가 돌아온 다는 사실에, 우리가 다시 한번 여성 지도자를 맞게 될지도 모른다는 사실에 매우 기뻤다. 베나지르 덕분에 나 같은 여자들이 자기 의견을 말하고 정치인이 될 생각을 할 수 있는 것이다. 그녀는 우리의 롤 모델이었다. 베나지르 부토는 독재의 종식과 민주주의의 시작을 상징했고, 세계에 희망과 강인함의 메시지를 보냈다. …… 그녀의 사망을 확인했을 때, 내 가슴이 내게 말했다. 너도 나아가서 여성의 권리를 위해 싸우지 않겠니?"

2007년 12월 27일, 파키스탄 총선이 2주 앞으로 다가왔다. 반(反)정부 운동의 물결이 거세지고 있었다. 선거의 주도권은 두 달 전 망명지 런던에서 돌아온 베나지르 부토가 쥐고 있었다. 베나지르 부토는 이미 1988년 35세의 나이로 파키스탄 총선을 승리로 이끌며 이슬람 국가 최초의 여성 총리로 취임했다. 그렇지만 군부 쿠데타로 임기 2년을 채우지 못하고 해임되었다. 와신상담의 세월을 보낸 부토는 1993년에 재선에 성공하며 총리로 복귀했지만, 험로를 헤쳐 나가야 했다. 그녀는 대통령 파루크 레가리의 부패 스캔들에 휘말려 3년 만에 중도 하차를 결정하고 해외로 망명을 떠났다. 파키스탄으로 돌아갈 시간만을 기다렸다.

2007년 10월, 8년 만에 고국으로 돌아온 부토는 정치 복귀 의사를 분명하게 밝혔다. 그해 12월 27일 열린 선거 유세 집회에서 "군부 독재를 종식시키고, 민주주의를 되찾읍시다." "우리는 극단주의와 무장 세력을 국민의 힘으로 물리칠 것입니다."라고 선언하며 지지자들로부터 열렬한 환호를 받았다. 그리고 연설 직후, 부토는 암살당했다. 당시 파키스탄 대통령이었던 무샤라프는 부토 암살의 배후로 아프가니스탄 국경 지대의 최고 군사 지도자인 바이툴라 메흐수드를 지목하며, "파키스탄 탈레반 지도자와 그의 동료가 이 공격을 모의한 전화" 녹취록을 공개했다.

열 살 소녀 말랄라 유사프자이는 베나지르 부토의 사망 소식을 듣자마자 울음을 터뜨렸다. 공교롭게도 얼마 전 파키스탄과 아프가니스탄의 접경지대에 위치한 말랄라의 고향 스와트에 탈레반이 들이닥쳤다. "탈레반이 우리 계곡에 들어왔을 때 나는 열 살이었다." 평화롭고 온기 넘쳤던 마을은 이내 공포에 휩싸였다. 탈레반은 서구 문명이 이슬람 문화를 타락시킨다는 이유를 내세워 텔레비전과 DVD, CD를 거리에 산더미같이 쌓아놓고 불에 태웠다. 여학교를 모두 폐쇄하라고 으름장을 놓았다. 처음 폭파된 학교는 마타에 있는 공립 여자 초등학교였다. "그 후 더 많은 폭탄이, 거의 매일 터졌다." 학교가 하나둘씩 폭파되었다. 탈레반을 비판하는 사람들은 보복 살해를 당하거나 참수되었다.

그런 와중에 부토마저 암살당하는 사건이 일어났던 것이다. 2008년 1월 17일, 부토 암살 용의자 다섯 명 가운데 한 사람인 15세 소년 아이테자즈 샤가 체포되었다. 용의자가 알 카에다 및 탈레반과 밀접하게 연계해 활동하는 무장단체 지도자 바이툴라 메흐수드의 지시로 부토 암살에 가담하게 되었음이 밝혀졌다. 파키스탄의 민주화를 희망했던 수많은 사람들은 좌절했다. "베나지르도 죽을 수 있다면 그 누구도 안전하지 않아."

그러나 말랄라에게 아랍어로 코란을 가르치던 선생님 한 사람은 부토의 암살 사건을 완전히 다른 방식으로 이야기했다. "그 여자가 죽은 것은 매우 잘된 일이다." "살아 있을 때 그 여자는 아무 쓸모가 없었다. 이슬람 율법을 제대로 따르지 않았으니까. 만일 살았더라면 큰 혼란이 있었을 거다." 말랄라는 큰 충격에 빠졌다. 한 사람의 억울한 죽음을 어떻게 저토록 대수롭지 않게 말할 수 있을까? 대체 무슨 이유로 이슬람 율법을 왜곡하면서까지 암살자를 옹호하는 것일까?

인권 침해를 정당화하고 폭력을 미화하는 것은 말랄라가 믿고 따르던 이슬람 교리와는 전혀 달랐다. 말랄라는 부토가 총리가 되어 국민들의 지지를 받으며 파키스탄의 변화를 이끌었던 역사가 '이슬람 교리'에 조금도 어긋나지 않는다고 반박하고 싶었다. "코란에는 남자는 바깥일을 하고 여자는 하루 종일 집에서 일해야 한다는 말이 없기 때문이다."

말랄라는 아버지에게 자신의 고민을 털어놓았다. 아버지는 딸에게 매우 현실적인 조언을 건넨다. "어휘의 글자 그대로 뜻만 배우도록 해라. 그 선생의 설명이나 해석은 잊고 오직 신이 하는 말씀만 배우는 거야. 신의 말씀은 신성한 메시지고, 너는 자유로이 독립적으로 그 말씀을 해석하면 된다." 옳은 말이었다. 아랍어로 코란을 가르치며 혐오 발언을 내뱉는 사람도, 원리주의를 내세워 악행을 저지르는 탈레반도 이슬람 종교를 대표하는 자격을 가지고 있지 않았다. 폭력에 맞서는 용기가 필요한 때였다. 그러나 탈레반의 폭력이 극악무도해질수록, 사람들은 입을 다물었다. 말랄라는 총을 든 탈레반에게 맞설 수 있는 방법을 고민하다 그들의 테러 행위를 직접 폭로하기로 결심한다. "만일 한 남자가 모든 것을 파괴할 수 있다면, 한 소녀가 그것을 바꾸는 건 왜 못하겠는가?"

2008년, 열한 살 말랄라는 파키스탄에서 가장 큰 뉴스 채널인 Geo와 BBC 우르두어 토크쇼에 연달아 나갔다. 방송 출연을 망설였지만, "파키스탄 전국에서 많은 사람이 이 방송을 들으리라는 것을 알았기 때문에" 용기를 냈다. 말랄라는 열변을 토했다. "어떻게 감히 텔레반이 교육받을 권리라는 내 기본권을 빼앗는 건가요?" 방송 후 시청자들의 반응은 뜨거웠다.

하지만, "학교는 계속 파괴되고 있었다. 2008년 10월 7일 밤, 멀리서 연쇄적으로 폭발음이 들려왔다." 복면 무장 세력들은 상고타 수녀원 부속 여학교와 남학교인 엑셀시어 칼리지에 사제 폭발 장치를 설치해 학교를 폭파시켰다. 심지어 탈레반은 "상고타는 기독교를 가르치는 수녀원 학교이고 엑셀시어는 남녀 공학이기 때문"이라고 사실 관계와 맞지도 않는 범행 동기를 밝히기까지 했다. 2009년 1월에는 전문 무용수로 활동하던 샤바나라는 여성이 잔인하게 살해당했다. 탈레반은 여자가 사람들 앞에서 춤을 추고 노래를 부르는 행위가 "비도덕적이기에 죽어 마땅하다."고 버젓이 성명을 발표했다.

말랄라의 절망감은 깊어졌다. 마침 BBC 라디오 페샤와르 특파원이 탈레반 치하 생활에 대해 일기를 쓸 여교사나 여학생을 찾고 있었다. 아버지에게 그 이야기를 듣자마자 "난 안 돼요?"라고 물었다. 말랄라는 일주일에 한 번씩 BBC 우르두어 웹사이트에 일기를 올리기로 한다. 2009년 1월 3일, '나는 두렵다'는 제목으로 연재를 시작했다. 굴 마카이

여성, 정치를 하다

라는 필명을 쓸 수밖에 없었다. 말랄라의 일기는 큰 반향을 일으켰다. 안네 프랑크의 일기 못지않다는 평가도 받았다. "나는 펜과 그 펜에서 나오는 글이 기관총이나 탱크, 헬리콥터보다 더 강력한 힘을 지닐 수 있음을 이해하기 시작했다." 말랄라는 더욱 확신을 가졌다. "우리가 말을 할 때 얼마나 강해질 수 있는지 배우고 있었다."

한편 탈레반의 폭주는 더욱 심해졌다. 2009년 1월 14일, 말랄라가 다니던 학교는 문을 닫았다. 일기만으로는 부족했다. 말랄라는 《뉴욕 타임스》가 제작 중이던 다큐멘터리 「스와트밸리에서 수업은 끝나다」에 참여한다. 위험천만한 일이었다. 주위 사람들은 말랄라의 신변을 걱정하면서도 "아무리 탈레반이라도 어린아이는 죽이지 않아."라는 말로 위안을 삼으려 했다. 말랄라의 할머니는 텔레비전에서 손녀를 볼 때마다 다음과 같이 기도했다. "신이시여. 제발 말랄라를 베나지르 부토 같은 사람으로 인도하시되 부토의 짧은 목숨은 주지 마소서." 가족들은 하루하루 살얼음판 위를 걷는 심정이었다.

2009년 5월, 말랄라는 '파워 99'라는 라디오 방송국과 인터뷰를 했다. 말랄라의 인지도는 점차 높아지고 있었다. 2011년 10월에 말랄라는 국제아동인권평화상 후보에 올랐고, 펀자브 주지사의 초대를 받아 교육 행사에서 연설을 했다. 2011년 12월 20일에는 총리 관저에서 상을 받은 후, 언

말랄라 유사프자이는 열한 살에 직접 방송에 나가
교육권을 빼앗은 탈레반을 성토했다.

젠가 정치인이 되면 스와트에 여자 대학교를 만드는 일을 "직접 하겠어."라고 특별한 포부를 담아 자신의 미래를 설계했다.

그러나 먹구름이 몰려들고 있었다. 2012년 10월 9일, 말랄라는 수업을 마치고 학교 버스를 탔다. 갑자기 버스가 멈췄다. 버스 뒤편으로 다가온 한 남자가 검은 권총으로 말랄라를 연달아 쏘았다. 혼수상태에 빠진 말랄라는 영국으로 이송되어 여러 차례 큰 수술을 받았다. 열흘 후, 말랄라가 깨어났다. 기적에 가까웠다. 하지만 안면신경과 왼쪽 고막이 크게 손상되어 장기 재활 치료가 필요했다. 말랄라 가족은 파키스탄을 떠나 영국 버밍엄에 정착하기로 결정한다. 1년 동안의 회복 기간을 거친 후, 말랄라는 아동인권 운동가의 삶을 되찾았다.

2013년 7월 12일, 말랄라는 자신의 열여섯 번째 생일에 유엔에서 연설을 했다. "극단주의자들은 책과 펜을 두려워합니다. 교육이 그들을 겁먹게 합니다. 그들은 여성을 두려워합니다. …… 폭력과 위험으로부터 아이들을 지켜주시고, 개도국 여성들이 교육받을 수 있도록 지원해 주시기를 요청합니다." 말랄라는 유엔에서 기립박수를 받았지만, 고국 파키스탄에서는 "명성에 안달난 십 대 아이"라는 비난이 쏟아졌다. 말랄라는 개의치 않았다. 대신 자신에게 주어진 '명성'에 걸맞은 실천이 무엇일까 깊이 생각했다. 말랄라는

2013년 말랄라 재단을 설립하고, 전 세계 어린이들의 교육권 보장을 위한 활동을 구체화시켰다. 이듬해 말랄라는 노벨 평화상 수상자로 지명되었다. 대학 진학도 착실하게 준비했다.

2017년 옥스퍼드 대학교에 입학한 말랄라는 철학, 정치학, 경제학을 전공으로 선택했고, 2020년 6월 무사히 졸업했다. 말랄라가 언젠가 파키스탄으로 돌아가 부토의 뒤를 잇는 여성 정치인이 될 것이라고 예측하는 사람들이 많다. 말랄라 재단 운영이 정치적 활동을 위한 포석이라고 해석하는 사람들도 있다.

하지만 말랄라는 열한 살에 이미 정치에 뛰어들었다. 2008년에 방송에 출연해서 탈레반을 비판했을 때부터, 2009년에 자신의 일기를 BBC 웹 사이트에 올렸을 때부터, 죽음의 문턱 앞에서 극적으로 살아 돌아온 후 유엔에서 연설을 하며 아동과 여성의 교육권 보장을 호소했을 때부터, 말랄라는 정치를 하고 있었다. "테러리스트들은 총으로 저의 목표를 바꾸고 야망을 저지할 수 있다고 생각했습니다. 그러나 저는 오히려 나약함과 두려움, 절망을 버리고 새로운 힘과 용기를 얻었습니다." 말랄라의 정치적 야망은 건강하다. 용기 있는 젊은 여성 정치인의 목표가 달성되길 바란다.

여성, 정치를 하다

어떻게

2

앙겔라 메르켈, Angela Merkel

권력 의지를 발견하다

"우리는 새로운 세대로서 기독민주당의 미래를 만들어 나가야 합니다. 분명히 한 번은 헬무트 콜에게 조언을 구하게 되겠지요. 하지만 현역 정치인으로서의 헬무트 콜의 시간은 이제 지나갔습니다. 새 시대의 정치는 새로운 세대가 스스로 해야 합니다."

1995년 8월, 41세의 앙겔라 메르켈은 베를린 근교에서 자전거를 타고 있었다. 갑자기 사냥개 한 마리가 메르켈에게 달려들어 무릎을 물어뜯었다. 그날 이후로, 메르켈은 개를 피했다. 블라디미르 푸틴을 만나지 않았더라면 그녀는 지금쯤 그 기억을 완전히 잊었을지도 모른다. KGB 출신임을 자랑스러워하는 푸틴은 정보력이 남달랐지만, 수집한 정보를 포악하게 활용했다. 2006년 1월, 푸틴은 모스크바를 방문한 독일 총리인 메르켈에게 개 인형을 건넸다. 그쯤에서 멈추어야 했지만, 러시아에는 푸틴에게 제동을 걸 수 있는 사람이 없었다.

여성, 정치를 하다

사실 메르켈과 푸틴에게는 공통의 이야깃거리가 많았다. 푸틴의 생각은 달랐던 모양이다. 메르켈은 열여섯 살이 되던 해인 1970년 동독에서 열린 러시아어 경시대회에 참가해 입상한 적이 있고, 부상으로 모스크바 여행도 다녀왔다. 러시아어에 능통하고 러시아 문화에 조예가 깊었다. 푸틴은 동독의 드레스덴에서 KGB 주재원 생활을 했기 때문에 독일어와 독일 문화에 대해 잘 알았다. 그러나 푸틴은 메르켈에게 완전히 엇박자를 내고야 만다. 2007년 1월, 러시아 흑해 연안의 대통령 별장에서 푸틴과 메르켈은 정상 회담을 나누고 있었다. 난데없이 회의실 안으로 푸틴의 반려견이 뛰어들어왔다. 큰 개 한 마리가 메르켈 주위를 돌다가 발을 핥았다. 메르켈은 입을 다문 채 가만히 있을 수밖에 없었다. 푸틴은 "난 그저 내 개를 보여주면서 그녀를 기분 좋게 해주고 싶었을 뿐입니다."라고 변명했다.

반대로 메르켈은 꼭 필요한 말만 정확하게 했다. 베를린 회담 장소에 늦게 도착한 푸틴에게 앞으로는 지각하지 말라고 경고했다. 정치적 판단을 내릴 때에도 개인적인 감정을 섞지 않았다. 2008년 4월, 미국은 조지아와 우크라이나를 나토에 가입시키려고 했다. 메르켈은 힐러리 클린턴과 콘돌리자 라이스, 버락 오바마와 조지 W. 부시와 두터운 친분을 쌓으며 미국과 우호적인 관계를 유지하고 있었다. 전문가들은 독일이 미국을 지지하게 될 것이라고 예측했지만, 역시 메르켈은 남달랐다. 그녀는 미국에 저항했다. 국제 질서의 균형을 잡으며 평화를 유지하고 싶었기 때문이다.

"저는 독일이 누구의 위에도 누구의 아래에도 있지 않으면서 자신에게 딱 맞는 위치를 찾고 다른 나라들의 좋은 이웃, 좋은 친구가 될 수 있도록 제 힘을 보탤 수 있기를 바라마지않습니다." 조지아의 힘을 키워 러시아 남쪽 국경의 보루로 삼고 중앙아시아로 가는 관문을 확보하려는 미국의 저의를 메르켈은 정확하게 꿰뚫어 보고 있었다. 푸틴은 메르켈에게 감사의 인사를 전했지만, 푸틴을 염두에 두고 내린 결정이 아니었다. 메르켈의 외교 정치는 국제 사회로부터 높은 평가를 받았다. 메르켈은 조용하고 우아한 방식으로 푸틴을 이겼다.

메르켈은 정치를 시작한 이래로 싸움을 회피한 적이 없다. "치고받는 정치 싸움이 재미있었고 상대의 묘책을 눈치챘을 때 기분이 좋았다." 정치 행위의 목표도 분명했다. 메르켈은 단 한 번도 권력의 기능을 부정한 적이 없었다. "나는 마치 권력이 본래 가질 만한 것이 못 된다는 것처럼 행동하는 것이 싫습니다. 권력의 반대는 힘이 없는 것, 바로 무기력입니다. 실천에 옮길 수 없다면 좋은 아이디어라고 해도 무슨 의미가 있겠습니까?" 메르켈은 이기기 위해 항상 오래 생각했다. 발달장애를 겪었던 어린 시절에 이미 정치인으로서의 훈련을 혹독하게 마친 것이나 다름없었다. 뛰거나 계단을 오르내리기 힘들었던 메르켈은 철저하게 계획을 세운 후에야 움직였다. "위험을 재볼 시간"을 충분히 가졌다. 준비가 덜 된 상태에서는 절대 출발하지 않았다. "처음부터 제대로 시작하지 않으면 아무리 애를 써도 돌이킬 수 없다." 어려운 문제에 봉착할수록, "올바른" 해법을 찾고자 했다. 1999년에 메르켈은 그 어느 때보다도 깊은 생각에 잠겼다.

1999년 11월 4일, 기독민주연합당(CDU) 재정 국장 발터 라이슬러 키프에게 체포 영장이 발부되었다. 수사는 빠른 속도로 진행되었다. 1991년에 발터 라이슬러 키프가 군수업체 티센의 무기 중개상으로부터 100만 마르크 상당의 기부금을 받아 비밀 계좌에 입금한 사실이 발각되었다. 기독민주연합당의 불법 정치자금 모금 사건은 걷잡을 수 없이 커졌다. 독일 통일을 이끌었던 헬무트 콜 전(前) 총리도 사면 초가에 직면했다. 콜은 1990년대에 불법 정치자금을 수수한 사실을 시인했다. 그러나 금품 제공자는 끝내 밝히지 않았다. 기독민주연합당의 추락은 가속화되고 있었지만, 누구도 사태 수습을 위해 선뜻 나서지 않았다. 결국, 메르켈이 해법을 내놓았다. "당은 이제 혼자 걷는 법을 배워야 한다." 그녀는 콜 총리를 위시한 기독민주연합당의 주류 세력들이 정치권에서 완전히 물러날 때가 되었다고 주장했다. 쉽게 내릴 수 없는 결단이었다. 메르켈과 콜 총리와의 인연은 특별했다. 시간은 베를린 장벽이 무너진 1989년으로 거슬러 올라

간다.

1989년, 메르켈은 동독의 베를린 과학 아카데미 물리화학 연구소에서 양자역학 연구원으로 성실하게 근무하고 있었다. 베를린 장벽이 무너졌다는 거짓말 같은 소식을 듣고 메르켈은 역사적인 현장으로 향했다. 그녀는 서베를린의 중심가를 한참 걷다가 동베를린으로 다시 돌아온다. 장벽이 무너진 베를린 시내를 걸으면서 메르켈이 무슨 생각을 했는지는 정확하게 알 수 없지만, 그녀는 얼마 후 물리학자의 삶을 정리하고 정치인의 길로 들어선다. 36세의 정치 신인 메르켈은 1990년에 정치 단체인 '민주주의의 출발(DA)'의 대변인이 되었다. 같은 해 10월, 기독민주연합당 전당대회에 참석한 메르켈은 콜 총리를 만난다. 그의 제안으로 1990년 12월 2일에 실시된 통일 독일 연방의회 선거에 기독민주연합당 소속으로 출마한 메르켈은 48.5퍼센트의 지지율로 연방 하원의원에 당선되었다. 메르켈의 의정 활동을 눈여겨본 콜 총리는 1991년에 메르켈을 가족노인여성청소년부 장관으로 발탁했다. 동독 출신의 37세 최연소 여성 장관은 환영받지 못했다.

"사람들은 나라는 사람을 '구색 맞추기'라고 이미 멋대로 단정 지었더군요. 굉장히 화가 났죠." 메르켈은 분노를 표출하는 대신 자신의 능력을 입증했다. 배타적이었던 공무원들조차 결국엔 "그녀에게는 집중력과 지성, 핵심을 이해하

99

여성, 정치를 하다

메르켈은 정치를 시작한 이래로 싸움을 회피한 적이
없다. "치고받는 정치 싸움이 재미있었고 상대의
묘책을 눈치 챘을 때 기분이 좋았다."

는 능력이 있었습니다. 굉장히 인상적이었지요."라고 말하며 메르켈을 인정할 수밖에 없었다. 정책 추진 과정에서 발군의 실력을 펼친 메르켈은 1994년에는 환경부 장관으로 취임해 1998년까지 국정 전반에 걸친 현안을 익혔다. 8년 동안 장관으로 재임하며 메르켈은 콜 총리의 "정치적 양녀(養女)"로 불렸다. 1991년에 저질러진 정치 비자금 사건에 메르켈은 아무런 연결 고리가 없었지만, 그럼에도 여전히 메르켈과 콜 총리를 묶어서 생각하는 사람들이 많았다. 게다가 뒤늦게 사건이 불거진 1999년에 메르켈은 기독민주연합당의 사무총장을 맡고 있었다. 고민이 깊을 수밖에 없었다. 그러나 시간을 끈다고 해결될 문제가 아니었다. 새천년이 시작되기 전에 메르켈은 입장을 밝히기로 결심한다.

메르켈은 1999년 12월 22일에 실명으로 일간지 《프랑크푸르트 알게마이네 자이퉁》에 콜 총리를 비판하는 글을 기고했다. "기부금 제공자를 밝힐 수 없다는 콜 총리의 말은 법에 위배되는 사건의 경우 이해받을 수 없는 행동이다." 메르켈이 콜에게 "공개 결별서"를 보낸 것에 불과하다고 비아냥대는 사람들도 있었다. 배신자라는 비난은 감수할 수 있었다. 하지만 메르켈은 독일 보수 정당의 미래를 개척할 수 있다면, 자신의 정치적 생명을 내놓겠다는 절박한 심정으로 글을 썼다. 기득권 세력을 해체하고 세대교체를 이루지 못한다면 당의 존폐 자체가 위태롭다는 메르켈의 주장이 점차

101

당 안팎으로부터 설득력을 얻어 나갔다.

2000년 4월에 열린 기독민주연합당 전당대회에서 메르켈은 당 대표로 선출되었다. 정치를 시작한 지 10년 만에 메르켈은 하원의원, 장관, 당 사무총장을 거쳐 당 대표로 성장했다. 그러나 메르켈의 마음은 무거웠다. 불법 정치자금 문제로 사임하게 된 전직 당 대표가 메르켈이 당 대표로 취임하기 불과 두 달 전에 "기민련은 역사상 최악의 위기를 맞이할 것이다."라고 저주를 퍼부었기 때문만은 아니었다. "너무 많은 성공을 거두고 나면 어떤 두려움이 생기지요. 행운 뒤에는 불행이 따르기 마련입니다. 그래서 많은 행운이 다가오고 좋은 시절을 누릴 때면 그 후에 나쁜 일이 생길까 봐 두려워요." 메르켈은 정치를 시작하면서부터 절제를 익혀야만 했다.

동독 출신의 젊은 여성 정치인이 등장했을 때, 세상은 더없이 매몰찼다. "가련한 여자", "콜의 영원한 사춘기 소녀", "자식이 없어 책임감도 없는 여자", "차가운 여성 물리학자", "촌스러운 여성 정치인" 등과 같은 낙인들이 장대비처럼 쏟아졌지만, 메르켈은 눈물을 삼키며 조용히 신뢰를 쌓아갔다. 비결은 단순했다. "약속을 했으면 지켜야 한다." 행운도 메르켈을 지켰다. 당 대표로 5년 동안 실력을 검증받으며 인지도를 높인 메르켈은 2005년 총리직에 도전한다.

메르켈의 경쟁자는 당시 총리였던 게르하르트 슈뢰더.

그는 탁월한 연설 능력과 뛰어난 직관력으로 독일 사민당 (SPD)을 성공적으로 이끌고 있었다. 견습생으로 일하면서 어렵게 대학에 입학해 인권 변호사의 길을 걸어온 슈뢰더는 물리학 박사 출신의 메르켈을 무시했다. 2005년 독일 연방 의회 선거를 앞두고 슈뢰더는 텔레비전 토론 프로그램에 출연해 "나 이외에 그 누구도 정부를 안정적으로 운영할 사람은 없을 것입니다."라고 단언하는 것으로도 부족해, 선거 하루 전날에는 "사민당이 있는 한 메르켈이 근소한 표차라도 결코 총리가 될 수는 없을 거라고 예언"했다. 메르켈은 슈뢰더의 말을 듣기만 했다. 선택은 독일 국민들에게 달려 있다고 믿었기 때문이다. 2005년 11월 22일, 앙겔라 메르켈은 독일 총리에 취임했다. 그리고 4연임에 성공해 2020년 현재까지 독일은 물론이고 전 세계에 자신의 정치적 영향력을 행사 중이다. 그녀의 권력 의지는 세상을 안심시킨다.

여성, 정치를 하다

앙겔라 메르켈은 2005년 첫 총리 당선 이후 4연임에
성공하여, 독일은 물론 전 세계에 자신의 정치적
영향력을 행사하고 있다. G7 회의에서 세계 각국
정상들과 함께.(2018년)

존바에즈,

나는노래한다, 나는싸운다

"나는 노래한다, 나는 싸운다, 나는 운다, 나는 기도한다, 나는 웃는다, 나는 일하고 경탄한다. …… 나는 당신들에게 간단하게 말해 주겠다. '포크 가수 존 바에즈' 같은 건 없다고. 내가 있을 뿐이다. 스물여덟이라는 나이에 임신 중이며, 징집을 거부하고 저항 운동을 조직했다는 이유로 투옥되어 이제 막 3년의 형기를 시작한 남편을 가진 나. ……베트남, 비아프라, 인도, 페루, 미국에서 죽어가는 아이들을 생각하는 나. 이 모든 와중에, 내가 어떻게 당신들을 즐겁게 해주는 척만 할 수 있단 말인가?"

1963년 8월 28일, 존 바에즈는 35만 명이 모인 워싱턴 집회의 역사적인 현장에서 「우리 승리하리라(We shall overcome)」를 선창(先唱)했다. 마틴 루터 킹이 "나에게는 꿈이 있습니다."라고 외쳤던 날, 존 바에즈는 노래를 불렀다. "엄청난 날"이었다. 연설과 노래가 변주곡처럼 이어졌다. 존 바에즈는 스스로를 칭찬했다. "내 마음에 걸린 훈장들 가운

105

데 하나는 내가 그날 그 자리에서 노래했다는 이유로 나 자신에게 수여한 것이었다고." 존 바에즈는 그날의 감동을 "내 머리 위로 자유를 보았다."는 말로 대신했다.

사실 1961년에 미국 남부에서 첫 콘서트를 가졌을 때만 해도, 존 바에즈는 "시민권 운동에 대해서는 거의 아는 바가 없었다." 그저 관객들이 모두 백인들이라는 점이 의아할 따름이었다. 존 바에즈는 공연장에 흑인들이 출입할 수 없다는 사실을 뒤늦게 알게 되었다. 부끄러웠고, 또 화가 났다. "그 다음 여름 나는 만약 흑인들이 공연장에 들어오는 게 허락되지 않는다면 노래를 부르지 않겠다는 내용을 계약서에 명기했다." 그러나 계약 내용이 달라진 이후에도 남부에서 열린 콘서트에 흑인들은 오지 않았다. "그들은 나에 대해 한 번도 들어본 적이 없었기 때문이다."

존 바에즈는 1962년에 남부 지역 흑인 대학들과 교회를 중심으로 투어 계획을 세웠다. 앨라배마의 버밍햄에서 마틴 루터 킹 목사를 처음 만났다. 비폭력 시민 불복종 운동을 호소하는 그의 연설을 들으며 그녀는 전율을 느꼈다. 마치 새로운 창법의 노래를 듣는 것만 같았다. "북쪽에서 온 백인" 가수 존 바에즈는 흑인 청중 앞에서 고민했다. "나는 내 음반에 실린 깨끗한 백인의 목소리와는 전혀 다른 목소리로 노래를 불렀다." 인종 차별 철폐를 위해 시위 현장에서 운동가들과 동고동락했다. 음악을 정치에 예속시키지 말라고 훈

수를 두는 사람들에게 존 바에즈는 자신이 어떤 사람인지 있는 그대로 설명했다. "저는 정치적인 활동을 할 때 가장 행복해요. 음악은 두 번째입니다." 순서를 언급하는 것 자체가 무의미했다. 그에게 노래와 정치는 단 한 순간도 분리된 적 없었다.

1941년, 뉴욕 스태튼아일랜드에서 태어난 존 바에즈는 어린 시절 2, 3년에 한 번 꼴로 이사를 다녀야 했다. 핵물리학자였던 그녀의 아버지는 방위 산업체가 제안한 높은 연봉을 거절하고 반전 운동가로 활동하며 여러 대학의 연구소를 옮겨 다녔다. 존 바에즈는 이라크의 바그다드에서 초등학교 6학년을 보냈다. "바그다드는 사회 정의에 대한 나의 열정을 처음으로 느끼게 해준 곳이다." 공항에서 거지를 내쫓기 위해 곤봉을 휘두르는 경찰들을 보며 그녀는 "경악"했다.

아버지가 캘리포니아에서 근무하게 되면서 존 바에즈는 1951년에 미국으로 돌아왔다. 캘리포니아 남부 지역의 중학교에 진학했다. 여전히 이방인으로 차별받았다. 멕시코 출신인 아버지를 닮은 존 바에즈는 여름이면 얼굴색이 더욱 짙어졌다. 백인 친구들은 그녀를 흑인이라고 부르며 따돌렸다. 멕시코계 친구들은 존 바에즈가 "에스파냐어를 하지 못했기 때문에" 받아들이지 않았다. 그녀가 맞닥뜨린 문제는 "인종"과 "언어"뿐만이 아니었다.

존 바에즈 가족은 1950년대 "매카시즘의 광풍이 몰아치

여성, 정치를 하다

던 시절의 미국에서 …… 무기를 두려워하고 그것에 반대했다." 존 바에즈가 수업 시간에 자신의 정치적 입장을 드러내자, 교사와 학생 모두 일제히 경멸의 시선을 보냈다. 졸지에 위험인물로 낙인찍힌 그녀는 기피 대상이 되었다. 학교에서 친구를 사귈 수 없었고, 공부에도 크게 흥미를 느끼지 못했지만, 존 바에즈는 노래 하나만큼은 자신이 있었다. 장기자랑 대회에 나가 상을 받고 싶었다. "내가 내 목소리를 개발하게 된 것은 고립의 느낌, '다름'의 느낌 때문이었다." 자신의 존재를 증명하기 위해서 노래하는 사람의 심정을 그녀는 누구보다도 잘 알 수밖에 없었다. 상을 받기 위해 시작한 음악 공부에 존 바에즈는 점차 몰입해 간다.

존 바에즈는 제대로 노래를 부르고 싶었다. 1956년에 처음으로 기타를 구입했다. 1958년에 고등학교를 졸업하면서 진로를 결정했다. 그녀는 자신의 노래를 녹음해서 여러 음반 회사에 보냈다. 보스턴 대학교에 입학했지만, 6주 만에 그만뒀다. 음반 회사에서는 답이 없었지만, 존 바에즈는 꿈을 포기하지 않았다.

1959년, 보스턴 케임브리지의 포크 음악 클럽인 '클럽 47'에서 존 바에즈는 정식으로 데뷔한다. 시카고의 포크 클럽인 '게이트 오브 혼(The Gate of Horn)'에서도 실력을 인정받았다. 더 넓은 무대를 원했다. 적극적으로 기회를 찾아 나섰다. 1959년 7월 11일에 열린 제1회 뉴포트 포크 페스

티벌에서 그녀는 밥 깁슨의 백업 보컬로 노래를 불렀다. 음반 회사 뱅가드는 존 바에즈에게 12년 계약을 제안하며 앨범 제작을 추진했다. 대중은 존 바에즈의 노래를 사랑했다. "나는 음반 「존 바에즈」가 전국 100대 베스트셀러 음반에서 3위로 비상하는 것을 놀라움 속에서 지켜보았다." 코카콜라 광고도 들어왔다.

그러나 존 바에즈는 상업적인 성공을 거듭할수록 자신의 음악 생명이 오히려 단축될지도 모른다는 불길한 예감에 휩싸였다. 언론에서는 "반항적이며 비주류파 여성이라는 점 때문에, 반(反)문화의 여걸"로 존 바에즈를 호명했지만, 그녀 자신은 하루하루 증폭되는 불안과 싸워야 했다. "정신과 상담 시간을 곱절로 늘렸다. 점점 늘어나는 압박을 해결하기 위해 일주일에 네 번 상담을 받은 적도 있었다." 다양한 시민운동 단체에 아낌없이 후원금을 보내면서도 결핍감에 시달렸다.

존 바에즈는 자신이 왜 노래를 부르는지 절실한 심정으로 스스로에게 이유를 물었다. "나는 음악만으로는 충분하지 않아요." 그녀는 "이 시대가 던지는 가장 중요하고도 현실적인 물음, 즉 어떻게 하면 인류가 서로 죽이는 일을 그만두게 할 수 있으며, 그러한 살육을 막기 위해 내가 평생 무엇을 해야 하는가 하는 문제"를 외면한다면, 아름다운 음악은 아무런 소용이 없다는 정치적 신념을 가지고 있었다.

여성, 정치를 하다

세상을 바꾸기 위해서는 공부가 필요했다. "나는 내가 영원히 무식한 사람으로 남기를 원치 않았다." 1965년, 존 바에즈는 캘리포니아 카멜밸리에 '비폭력연구소'라는 학교를 세웠다. 지역에서 서점을 운영하며 반전 운동가로 활동 중이었던 친구 로이 케플러에게 운영 전반에 걸쳐 도움을 받았다. 비폭력 저항 운동에 관심 있는 시민 누구라도 참여할 수 있도록 수강료를 최소화했다. 국제 정치를 공부할수록 그녀는 평화에 대한 원칙이 더욱 확고해졌다. 평화를 지키기 위해서 전쟁을 할 수밖에 없다는 모순적인 사고가 미국 사회에 팽배해 있었다. 그 생각을 바꾸기 위해서라면 무엇이든 할 각오가 되어 있었다.

존 바에즈는 1967년에 베트남 전쟁 징집 반대 운동을 주도하다가 10일 동안 투옥되었고, 이듬해인 1968년에 반전 운동의 주역인 데이비드 해리스와 결혼을 발표한다. 1971년에 데이비드 해리스가 석방될 때까지, 그녀는 징집 반대 운동 단체 운영은 물론이고 육아와 가수 활동을 병행했다.

1972년에 존 바에즈는 어려운 결정을 내린다. 직접 하노이를 방문했다. 크리스마스에도 폭격이 벌어지는 베트남전의 참상을 목격하며 열흘 넘게 방공호에서 생활했다. 그러나 그녀가 베트남에서 좌절만 한 것은 결코 아니었다. "어떤 사람들에게는 내 노래가 군대를 떠날 수 있게 용기를 주었고, 또 어떤 사람들에게는 군 복무를 무사히 마칠 수 있도록 위안이 되어 주었다고 하더군요. 이런 이야기들을 들을 때마다 내가 그분들과 함께할 수 있었다는 사실에 기쁨을 느낍니다." 화려한 무대 위에서 박수를 받을 때도 엄청난 액수의 돈을 벌었을 때도 느끼지 못했던 보람과 용기를 얻자, 존 바에즈는 인권 문제에 더욱 깊이 개입한다.

같은 해 존 바에즈는 전 세계의 정치적 양심수들의 석방을 추진하는 국제사면위원회(Amnesty International)의 미국 서부해안 지부를 조직하는 데 "인생에서 1년을 떼어" 헌신했다. 칠레의 민주화가 피노체트의 쿠데타로 큰 시련을 겪고 있던 1974년에는 군사 독재 정권에 대한 반발과 저항의 의미로 에스파냐어로 노래를 녹음했다. 그녀의 앨범은 "칠레에서 「인생이여, 고마워요!」로" 발매되었다.

한편, 소비에트 시절 지하 출판물을 제작하며 반정부 지식인으로 활동하다 정신병원에 강제 수감을 당하면서도 끝까지 인권 운동을 선도한 나탈리아 고르바네프스카야를 위해 존 바에즈는 1976년에 「나탈리아(Natalia)」를 발표했다. 1975년 프랑스로 망명한 이후에도 끊임없이 테러 협박에 시달리는 나탈리아를 존 바에즈는 자신의 노래로 지켜주고 싶었던 것이다. 1979년, 베트남 난민 지원을 위해 지미 카터 정부를 끈질기게 설득한 존 바에즈는 결국 미국 정부의 협조를 얻어냈다.

존 바에즈는 평화와 인권 운동에 아직 마침표를 찍지 않았다. 1993년, 그녀는 사라예보 내전 현장에서 방탄 조끼를 입고 「어메이징 그레이스」를 불렀다. 2011년에 월가 점령 시위대 앞에서도 70세의 존 바에즈는 기타를 메고 노래를 불렀다. 자신에게 가장 큰 재능은 "목소리 덕분에 얻은 수확을 다른 사람들과 나누고자 하는 욕망"이며, 그 재능 덕분에 "다양한 모험, 수많은 친구들 그리고 순수한 기쁨"으로 자신의 인생이 충만했다고 존 바에즈는 회고한다. 그녀의 노래를 들을 때마다 나는 음악의 정치적 파급력을 확인한다.

존 바에즈는 십 대 후반부터 80세를 앞둔 현재까지 자신의 정치적 역할을 훌륭하게 수행했다. "진심을 담아" 노래를 부른 것 이외에 특별한 이유도 비결도 없었다고 한다. "당신은 언제 어떻게 죽을지 선택할 수 없다. 할 수 있는 것이라고는 지금 어떻게 살 것인지를 결정하는 것뿐이다." 광장을 떠나지 않은 가수이자 인권 운동가 존 바에즈에게 큰 박수를 보낸다.

"할 수 있는 것은 지금 어떻게 살 것인가 결정하는 것이다."
존 바에즈가 월가 점령 시위 현장에서 노래를 부르고 있다.(2011년)

1960년대 존 바에즈는 밥 딜런(오른쪽)과 함께 많은
시위 현장에서 노래했지만, 이후 그들의 행보는 점차
멀어졌다.

플로렌스 나이팅게일,

Florence Nightingale

통계학으로 의료 개혁을 이끌다

"저는 공직에 계신 분들을 언제나 믿어왔어요. 아이가 부모를 신뢰하듯 이분들이야말로 제가 본능적으로 신뢰할 수 있는 사람들이기 때문이죠. 사태를 파악하고도 의도적이고 공식적으로, 고의적인 방식으로 타인들은 알 필요가 없다는 결론을 내렸다는 사실을 알고 나니 지금껏 벌어진 일만큼이나 혐오감이 밀려듭니다. …… 정부는 1854년도에 겪은 끔찍한 교훈의 산물을 고의로 파괴했어요. 누구에게든 다시 편지를 보내어 정부와 군대가 책임져야 할 군인들에게 어떤 일이 발생했는지 알려주고 싶지만, 그랬다가는 제게 주어진 마지막 기회마저 박탈당할까 두려워요. 물론 여성 한 명이 대중들에게 영향력을 미쳤던 기회가 언제 있었나 싶기도 합니다. 선량한 행위로 시작된 실험과 무자비한 행동 모두에 제가 희생양이 되고 말았지요."

1853년 7월, 러시아군은 오늘날 우크라이나 영토에 해당하는 몰다비아와 왈라키아에 침입했다. 석 달 뒤인 10월

여성, 정치를 하다

에 영국과 프랑스의 지원을 약속받은 오스만 제국은 러시아에 선전포고를 했다. "이렇게 전쟁을 해서는 안 된다는 부정적 교훈을 남겼다."고 역사에 기록된 크림 전쟁은 그렇게 시작되었다. 전투로 인해 사망한 영국군의 수는 약 5,000명이었다. 더 큰 복병이 나타났다. 전염병이 돌았다. 콜레라로 군인 1만 5,000명이 사망했다. 영국은 부상병 간호를 위한 자원 봉사대를 모집했다. "영국에는 진정 크림반도로 갈 용기 있는 간호사가 없는가?" 당시 런던의 한 요양소의 경영을 맡고 있었던 서른세 살의 플로렌스 나이팅게일은 전쟁터로 돌진했다. "저는 지금이라도 당장 크림반도로 떠날 준비가 되어 있습니다. 육군성의 허락이 없어도 저는 크림으로 가겠습니다."

1820년에 영국의 상류층 가정에서 태어난 나이팅게일은 열일곱 살에 자신의 삶을 아프고 가난한 사람들을 위해 바치겠다고 선언했다. 간호사를 천직으로 받아들였다. 당시에는 귀족의 딸이 할 만한 일로 여겨지지 않았다. 그녀가 간호사가 되겠다고 선언했을 때, 어머니는 잠시 쓰러졌다. 언니도 동생을 뜯어말렸다. 가족 가운데 누구도 나이팅게일을 이해하지 못했다. 하지만 나이팅게일은 혼자서 의료 서적을 읽고, 병원과 요양소를 방문하면서 차분하게 자신의 미래를 준비했다. 귀족 사회를 박차고 나왔다. 1852년에 쓴 글에서 나이팅게일은 영국 상류층 여성들에게 "할 일이 없다는 것"이 가장 큰 문제라고 지적한다. 그리고 영국 사회를 향해 다음과 같은 질문을 던진다. "남성의 시간이 여성의 시간보다 더 귀중한가?" 더 이상 기다릴 수 없었다. 1953년에 나이팅게일은 런던 요양소에 책임자로 부임했다.

1854년 11월 4일, 나이팅게일은 38명의 간호사와 함께 보스포루스해협 인근에 도착했다. 나이팅게일은 "스쿠타리 막사 병원"에서 절규한다. "누구도 씻을 곳, 씻을 도구 하나 없어요. 깨끗한 물만 없는 것이 아니라 역사상 그 어느 때보다 맹렬하게 전투가 벌어지는 전장을 용감하게 뚫고 가는 5만 명의 병사를 위해 가져온 군용 린넨 천도 찾아볼 수 없습니다." 싸워야 할 대상은 러시아군이 아니라 무능하고 무책임한 영국 군부였다. 약품은 절대적으로 부족했고, 침대와 이불조차 구하기 어려웠다. 나이팅게일은 영국 육군성 장관 시드니 허버트에게 편지를 보냈다. "매트 한 장을 공급하는 데에도 반드시 문서가 필요합니다. 침대 구입부터 병동을 새로 개설하는 데까지 상부에 보내는 서신과 제출 서류를 몇백 통이나 작성해야 합니다."

나이팅게일은 영국 군인들에게 먼저 옷부터 만들어 입혔다. 악취와 해충이 전염병 환자 수를 증폭시켰다. 나이팅게일은 병원 청소를 시작했다. 환자들에게 따뜻한 식사를 제공하기 위해 나이팅게일은《타임스》구호 기금 약 3만 파운드로 주방 용품과 식재료를 구입했다. 나이팅게일이 부임

117

한 지 닷새 후인 1854년 11월 9일에 수많은 부상자가 스쿠타리 병원으로 이송되었다. 총감은 아비규환의 상황을 수습할 수 있는 사람은 나이팅게일밖에 없다고 믿었다. 그녀에게 진료 지원과 간호를 요청했다.

나이팅게일은 군 병원의 의무 기록 시스템부터 개혁했다. 일분일초를 아껴가며 일하는 수밖에 없었다. "저희는 살아 숨 쉬는 것 이외에는 한순간도 여유가 없습니다." 야전병원에서 사망자 수를 제대로 알고 있는 사람이 없었다. 운영 일지를 기록하는 사람도 없었다. 나이팅게일은 환자의 수와 질병의 종류를 의무적으로 기록하고 보고하는 체계를 다졌다. 간호부장 나이팅게일은 부상자와 사망자 숫자를 꼼꼼하게 살폈고, 물품 보유 현황도 반드시 신고하도록 조치했다. 그러나 나이팅게일 한 사람의 노력으로 전염병과 싸워 이길 수는 없었다. 감염자 수는 줄어들지 않았다.

1855년 2월에 애버딘 총리는 책임을 통감하고 내각 전원 사퇴를 발표한다. 파머스턴이 후임 총리로 결정되었다. 시드니 허버트 장관도 내각에 다시 등용되었다. 1855년 2월에 야전병원 실태 조사를 위한 특별위원회가 구성되었다. 병원 내부의 위생 상태에 대한 문제 제기가 비로소 공론화되었다. 스쿠타리 병원은 병원 하수구와 급수로를 손보았다. 특별위원회는 보고서에서 "나이팅게일은 간호부대를 결성하여 존경할 만한 헌신의 마음으로 환자와 부상병을 돌보는 일을 맡아왔다."고 평가했다. 나이팅게일은 입원 중인 환자들을 위해 병원 내에 도서관을 설립하고, 영어 수업을 개설하는 한편, 휴게실을 만들어 교양 강좌를 운영했다. 군인들의 월급을 관리하고 송금할 수 있는 시스템도 도입했다.

빅토리아 여왕이 직접 나이팅게일에게 편지를 보냈다. "내가 도울 수 있는 일이 있으면 언제든지 알려주길 바랍니다." 나이팅게일의 개혁은 빛을 보기 시작했다. 1856년에 스쿠타리 병원은 체계적이고 효율적인 질서를 확립했다. 영국으로 귀환한 군인들이 나이팅게일의 업적을 이야기하기 시작했다. 나이팅게일 기금 4만 5000파운드가 순식간에 모였다. 하지만 그가 대중적 지지를 얻을수록 반대 세력도 늘어났다. 군사령관 존 홀은 나이팅게일을 음해하는 보고서를 정부에 제출했다. "나이팅게일과 간호 원정단은 규칙을 지키지 않고, 반항적이며, 정직하지 않고, 사치스럽고, 부정부패와 낭비를 일삼았다." 구체적인 사실 관계는 확인된 바도 없었다. 여성이 개혁을 주도하는 상황 자체를 받아들이지 못하는 사람들이 많았다.

"문제는 사회생활을 하면서 우리 여성들은 항상 어떤 사람과 어울리면 안 되는지 혹은 어떤 일을 해서는 안 되는지 끊임없이 의심해야 한다는 것"이다. 나이팅게일은 "자신의 성공과 안위에만 몰두해 있는 자들이 승진하는 것을 보고 있노라니 가슴이 더 막막할 따름"이라고 응수했다. 자신을

여성, 정치를 하다

"잔 다르크처럼 불에 태워 죽이고 싶어 하는 자들" 앞에서 한 발도 물러서지 않았다. 1856년 3월 16일에 나이팅게일에게 씌워진 혐의는 모두 근거 없는 모략으로 결론이 났다. 나이팅게일은 영국군 병원 총책임자로 공식 임명된다.

1856년 3월 30일 파리 강화회의에서 체결된 평화 협정으로 크림 전쟁은 끝이 난다. 4개월 후인 7월 28일에 나이팅게일은 프랑스로 갔다. 영국에서 준비 중이던 자신의 귀국 환영회가 불편하고 부담스러웠기 때문이다. 1856년 9월에 그녀는 빅토리아 여왕으로부터 초청장을 받았다. 나이팅게일은 영국군 보건 왕립위원회의 실행위원을 구성하고, 보건 의료 체계 구축에 매진했다. 의료 개혁을 위해 자료와 통계의 중요성을 설파하고 다녔다. 통계의 실효성을 입증하기 위해, 전문가들을 찾아다녔다. 수학에 큰 매력을 느꼈다. 나이팅게일은 1856년에 의료 통계학자 윌리엄 파르에게 통계 처리 과정을 직접 배웠다.

1858년에 나이팅게일은 "로즈 다이어그램"을 발표했다. 크림 전쟁 기간 동안 발생한 부상자와 사망자 수 및 질병의 종류와 입원 기간 등을 재조사하고 기록했다. 복잡한 숫자로 나열된 통계는 일반인들이 이해하기 어려울 것이라고 판단한 나이팅게일은 분석 결과를 누구라도 이해할 수 있게 그림으로 정리했다. 나이팅게일은 크림 전쟁에서 희생당한 사람들을 기억하며 통계 작업에 매달렸다. "나는 살해당한 사람들의 제단에 서 있다. 내가 살아 있는 한 그들을 죽인 원인과 싸울 것이다."

그러나 나이팅게일의 통계 방식을 비판하는 학자들도 만만하지 않았다. "통계는 세상의 모든 읽을거리 중에서 가장 건조해야만 합니다." 나이팅게일은 통계 공부에 더욱 박차를 가했다. 1860년에 나이팅게일은 런던에서 개최된 세계 통계학 대회에 참석했다. 통계와 확률론으로 인간 행동과 사회 질서의 규칙성을 밝혀내고 '사회 물리학론'을 발표한 아돌프 케틀레를 만났다. 나이팅게일은 케틀레의 이론에는 동의하지 않았지만, 그가 제시한 비판적 사고의 틀은 존중했다. 나이팅게일의 학문적 깊이는 점차 두터워졌다. 《타임스》는 "그녀는 외국어뿐만 아니라 수학과 예술, 과학, 문학에까지 뛰어난 실력을 자랑하는 재원이다. 현대인이 쓰는 외국어 중에 그녀가 모르는 말이 거의 없을 정도다." "최고의 강점은 수학이다. 숫자와 통계를 전문가 수준으로 다룬다. 분석적이고 체계적으로 데이터를 정리하고 추론한다."라고 나이팅게일을 소개했다.

나이팅게일은 통계가 사회 발전에 도움이 되어야 한다는 학문적 신념을 철저하게 지켰다. 1868년에 그녀는 왕립 위생위원회에서 주택 위생을 위해 배수 및 하수 시설 설치를 의무화하는 공공 보건의료 법률 제정을 이끌어냈을 뿐만 아니라, 지역별 보건 진료소 운영을 정부에 건의했다. 간호학에는 국경이 없다고 생각했다. 영국 전역은 물론이고, 1867년에는 호주 시드니 병원에 나이팅게일의 간호학 이론을 따르는 학교를 설립했다. 1870년대에는 미국의 간호사 양성 학교 설립을 지원했다. 나이팅게일은 열일곱 살에 자신과 했던 약속, 아프고 가난한 사람을 위해 살겠다는 다짐을 잊은 적이 없었다.

나이팅게일은 간호사로서의 소명을 소중히 여기면서도, 보건, 의료, 복지가 정치를 구성하는 중요한 요소임을 부정하지 않았다. 특히 여성의 정치 참여를 강조했다. "정치는 행복한 인간 생활을 하는 데 매우 커다란 힘을 가졌다. 여성이 정계에서 활동하지 않으면 사회의 중심이 되지 못하고 소외될 수밖에 없다." 영국 의료 개혁의 초석을 닦은 여성 정치인 플로렌스 나이팅게일은 1910년 90세의 나이로 생을 평화롭게 마감했다. "나는 행복하다. 내가 하고자 했던 일을 거의 다 했기 때문이다." 플로렌스 나이팅게일의 행복은 인류에게 축복이 되었다.

나이팅게일은 열일곱 살에 자신의 삶을 아프고 가난한
사람들을 위해 바치겠다고 선언했다. 사진은 40대 시절.

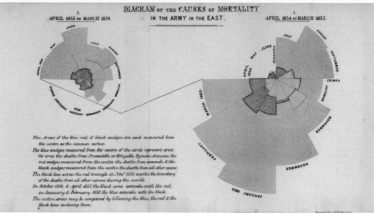

(위) 크림 전쟁 군인 막사 병원의 책임자로 일하던 시절의 나이팅게일.
'등불을 든 여인'이라는 별명이 생겼다.
(아래) 크림 전쟁이 끝난 후, 그는 '사망 원인 도표'를 한 장의 그림으로 작성한다.
'로즈 다이어그램(장미 도표)'으로 잘 알려져 있는 통계 시각화 자료다.

미셸 오바마,

우리는 저마다의 이야기를 갖는다

"사람들이 종종 내게 묻기에, 이 자리에서 확실히 대답해 두겠다. 나는 공직에 출마할 의향이 없다. 전혀 없다. 나는 애초에 정치를 그다지 좋아하지 않았고, 지난 10년의 경험으로도 그 생각이 별로 달라지지 않았다. 나는 정치의 불쾌한 측면을 아무래도 좋아할 수가 없다. 공화당과 민주당으로 편을 가르는 것, 우리가 양자택일을 한 뒤 무슨 일이 있어도 거기에 충성해야 한다는 생각, 상대방의 말을 들을 줄도 타협할 줄도 모르는 것, 심지어는 교양 있게 행동할 줄도 모르는 것."

힐러리 클린턴은 만만한 상대가 아니었다. 40대의 버락 오바마가 "변화"를 슬로건으로 2008년 민주당 대선 후보로 급부상하자 이내 기선을 제압했다. "변화를 현실로 이뤄낼 힘과 경륜이 없다면, '변화'란 한낱 속 빈 말에 불과합니다." 부시 정권에 환멸을 느낀 민주당원들은 정권 교체를 간절히 열망했고, 힐러리는 그들에게 "이길 후보"가 필요하다고 호소했다. 미셸 오바마는 상황을 정확하게 파악하고 있었다. "민주당 유권자들은 클린턴 부부를 잘 알았고, 승리에 굶주렸다. 내 남편은 이름이라도 제대로 발음할 줄 아는 사람이 드물었다." 힐러리는 여론 조사에서 "압도적 1위"를 차지하고 있었고, 버락 오바마는 "10~20퍼센트 포인트쯤" 뒤처져 있었다.

"완벽한 무명"이었던 버락은 2004년에 민주당 전당대회에서 기조연설로 파문을 일으켰다. "만약 시카고 사우스사이드에 글을 읽지 못하는 어린이가 있다면, 그건 저의 문제가 될 것입니다. 그 아이가 제 자녀가 아니라도 말입니다. 만약 누군가가 약값이 없어서 약을 살지, 집세를 낼지 양자택일의 기로에 선다면, 그건 저를 더 가난하게 만들 것입니다. 그분들이 제 조부모가 아니라도 말입니다." 그는 '연설'을 정치적 자산으로 삼아 2007년 2월 10일에 대선 출마를 선언했다. 후보 경선에서는 연설에 더욱 힘을 실었다. "저는 공화당 미국과 민주당 미국을 맞세우고 싶지 않습니다. 제가 되고 싶은 것은 미합중국의 대통령입니다." "우리의 순간은 바로 지금입니다." 쉽고 간명한 버락 오바마의 메시지는 청중들에게 빠른 속도로 퍼졌다. 깊은 여운을 남겼다. 힐러리 대세론이 흔들리기 시작했다.

남편의 대선 출마를 끝까지 만류했지만, 버락 오바마의 진정성과 권력 의지를 꺾을 수 없다고 판단한 미셸 오바마는 등판을 결심한다. 그녀는 유력한 민주당 대선 후보와 전직 대통령 두 사람을 상대하고 있었다. 미셸이 등장하자 힐러리와 자연스럽게 대결 구도가 형성되었다. 동시에 "역사를 만드는 민주당 대통령 후보의 배우자로서" 미셸과 빌 클린턴은 "멋진 맞수"가 되어 승부를 펼쳤다. 미셸은 오바마 이상의 전략가였다. 그녀는 정치 언어를 구사할 줄 알았다. 빌 클린턴이 2008년 1월 26일 예비선거 하루 전 오바마를 공격하며 유세를 성황리에 마치자, 미셸은 약 한 시간 후 논평을 발표했다. "진심으로 변화를 원합니다. 논조 변화 말입니다. 분리를 조장하고 분열시키는 말, 서로 고립시키는 그런 논조에 변화가 필요합니다. 정치인들은 가끔 그런 분열에 의지하고 도구로 활용하지요." 미셸은 '분열'과 '고립'을 클린턴 부부의 몫으로 할당했다. '통합'은 오바마의 언어가 되었다.

오바마의 참모진들은 "그녀에게서 버락에게는 없는 정치적 기술을 발견했다." 문제 해결에 탁월한 능력을 발휘하는 미셸은 선거 캠프 내에서 "종결자"로 통했다. "우리가 불공정한 대접을 받는다거나 충분히 공격적으로 반격하지 못한다고 느낄 때, 미셸은 과감하게 나섰습니다." 미셸의 연설 원칙은 분명했다. "솔직한 나 자신으로서 내 이야기를 해야 한다는 것"을 철칙으로 삼았다. "책을 읽는 흑인 여자아이는 백인 흉내를 내는 거라고 생각한 학우들로부터, 성적이 좋지 않으니 큰 꿈을 갖지 말라고 한 선생님들로부터, 상대를

여성, 정치를 하다

미셸 오바마는 이야기의 힘을 믿고 잘 활용했다. 그의
연설 원칙은 분명했다. "솔직한 나 자신으로서 내
이야기를 해야 한다는 것."

배려한답시고 '성공이란 시카고 사우스사이드 출신의 작은 흑인 소녀에게는 어울리지 않는다.'고 한 동네 사람들로부터 부정적인 말들"을 들으며 자란 이야기를 진솔하게 전했다.

프린스턴 대학교와 하버드 로스쿨을 졸업하고, 변호사와 시카고 대학병원 부원장으로 살아온 이력도 당당하게 밝혔다. 자신의 이야기가 끝나면 반드시 "여러분의 삶을 제게 들려주세요."라고 청한 다음, 대통령 후보인 버락을 홍보했다. 미셸은 주저하는 유권자들을 오바마 쪽으로 바짝 끌어당겼다. "저도 사람들이 '버락이라는 사람이 괜찮은 것 같긴 한데, 아직 미국이 흑인 대통령을 받아들일 준비는 안 된 것 같아.'라고 말하는 것을 들었습니다. …… 저는 이해합니다. 그것이 어디서부터 시작됐는지 알고 있습니다. 그건 이 나라의 인종주의와 차별과 억압의 쓰디쓴 잔재입니다. 우리 모두에게 상처를 주는 유산입니다." 버락의 연설에 미셸의 '이야기'가 더해지자 판세가 변화했다. "제가 이 주의 모든 사람과 대화할 수 있다면, 그 사람들은 모두 버락 오바마를 찍을 거예요. 저는 꽤 설득력이 있거든요." 미셸은 '대화'로 선거를 이끌어갔다. 2008년 1월 말에 조 바이든과 존 에드워즈는 경선 후보에서 사퇴했고, 2월 중순부터는 오바마가 선두를 달리기 시작했다.

문제는 엉뚱한 곳에서 터졌다. 2008년 2월 18일, 오바마의 선거 운동 홍보실이 발칵 뒤집혔다. 미셸이 밀워키와 매

여성, 정치를 하다

디슨에서 한 약 40분 분량의 연설 가운데 10초 분량이 편집되어 미국 전역을 강타했다. "저는 어른이 된 뒤 처음으로 내 나라가 정말 자랑스럽습니다." 이 한 문장이 모든 매체를 덮었다. 언론은 매우 악의적인 의도로 전후 맥락을 삭제했다. 사실 미셸은 전혀 다른 맥락의 이야기를 유권자들에게 털어놓았다. "우리가 지난 1년 동안 안 사실은, 희망이 돌아오고 있다는 것입니다! 그리고 솔직하게 말하자면, 저는 어른이 된 뒤 처음으로 내 나라가 정말 자랑스럽습니다. 버락이 잘하고 있어서만은 아닙니다. 국민들이 변화에 굶주렸다는 게 느껴지기 때문입니다. 저는 우리나라가 그런 방향으로 움직이기를 간절히 바랐고, 저의 이런 좌절감과 실망감이 저 혼자만의 기분이 아니기를 바랐습니다."

오바마를 극렬하게 반대하는 보수 논객들은 미셸이 미국을 "자랑스러워할 게 하나도 없다고 생각"하고 있다고 몰아붙였다. "미셸 오바마는 애국자가 아니야. 그녀는 늘 미국을 미워했어. 저게 그녀의 본색이야. 나머지는 다 쇼야." 미셸은 "죄책감이 들고 의기소침"해졌다. 다행히 버락 오바마가 상황을 직시했다. "자기 말을 들으러 오는 청중의 규모가 너무 커져서 그래. 자기가 선거 운동에서 중요한 세력이 되었기 때문이야. 그러면 사람들이 좀 물어뜯으려 하기 마련이거든." 사실이었다.

미셸의 영향력이 커질수록 그녀를 끌어내리려는 사람들

이 많아졌다. 보수 언론은 그녀의 20년 전 학부 졸업논문까지 뒤져내 "위험한 문건이라도 되는 듯" 보도했다. 미셸은 졸지에 남편을 통해서 "백인의 기득권" 전복을 노리는 여성이 되어 있었다. 미셸은 현명했다. "나는 여성이고, 흑인이고, 강했다. 그런데 특정 사고방식을 지닌 사람들에게는 그 사실이 '성난 사람'이라는 한 가지 뜻으로만 번역되는 듯했다. 그것은 또 하나의 유해하고 진부한 고정관념이었다. 소수 인종 여성을 모든 분야에서 주변부로 내모는 데 사용되어 온 고정관념, 우리 같은 여성이 하는 말에 귀 기울일 필요 없다는 생각을 무의식에 심는 고정관념이었다. 나는 이제 실제로 화가 좀 났다. 그래서 기분이 더 나빴다." 미셸의 분노는 정치적으로 큰 의미가 있었다. 그녀는 선거 운동에 더욱 박차를 가했다. 2008년 6월 3일에 버락 오바마는 민주당 대통령 후보로 지명되었지만, 한번 추락한 미셸의 이미지는 쉽게 회복되지 않았다. 선거본부는 미셸에게 역전의 기회를 놓치지 말자고 제안했다. 그녀는 받아들였다.

2008년 8월 25일 덴버에서 개최된 민주당 전당대회에서 미셸은 여성 투표권 쟁취 88주년과 마틴 루터 킹 목사의 연설 45주기를 기념하여 이렇게 연설했다. "제가 가진 미국의 꿈 한 조각은 앞선 분들의 힘겨운 투쟁으로 얻은 축복임을, 그 모든 분들이 가진 신념은 매일 아침 출근하기 위해 한 시간 일찍 일어나 힘겹게 옷을 꿰입으시던 제 아버지가 가졌던 신념과 다르지 않다는 것을, 또한 이 나라 방방곡곡을 돌아다니며 만났던 모든 남성과 여성의 신념과 다르지 않다는 것을 잘 알기 때문입니다." 청중들의 기립박수가 쏟아졌다. 여론조사 수치는 폭발적으로 상승했다. 이번에도 연설에 해답이 있었다. 약 3개월 뒤인 2008년 11월 4일, 오바마는 대통령 선거에서 압승을 거두었다. 미셸은 당선이 확정되는 순간 백악관에 입성한 최초의 흑인 가족들을 위해 "눈물을 글썽이며 축하하는 사람들 한 명 한 명의 얼굴을" 기억하고자 했다. 역대 미국 최고의 퍼스트레이디가 누구인지 완전히 판가름 났다. 2012년 11월 6일, 오바마 대통령은 재선에 성공했다.

미셸은 새로운 정치를 꿈꾸기 시작한다. 퍼스트레이디 역할이 끝나갈 무렵 그녀가 몰두한 일은 '렛 걸스 런(Let Girls Learn, 소녀들을 배우게 하라.)' 출범이었다. 1964년 시카고의 노동 계층 출신의 흑인 소녀는 명문대를 졸업하고 전문직에 종사하며 미국의 퍼스트레이디가 되었지만, 전 세계약 9,800만 명의 소녀들이 여전히 교육을 받지 못하고 있었다. 미셸은 고개를 돌리지 않았다. 다급한 문제였다. 하루라도 빨리 해결하고 싶었다. 체면을 따지지 않기로 한다. "범정부 차원에서 수억 달러의 자원을 융통"하고, "다른 나라 정부들에 로비를 벌이고, 사기업들과 싱크탱크를 설득"하는 한편, 유명 인사들에게 선한 영향력을 발휘해 달라는 부탁

스스로 교육을 통해 성공했다는 믿음으로, 그는
교육을 매우 중요하게 여긴다. '렛 걸스 런(소녀들을
배우게 하라.)' 프로그램은 교육의 혜택을 누리지
못하는 전 세계의 소녀들을 지원하고 있다.
인도 뉴델리에서 학생들과 함께.(2010년)

도 서슴지 않았다. 미셸은 "우리가 발전하고 있다는 느낌을, 타인에 대한 온정이 주는 위안을, 지금껏 알려지지 않았던 사람들이 조금이나마 세상에 제 모습을 드러내는 걸 지켜볼 때의 기쁨을" 위해 기꺼이 「내 딸들을 위한 노래(This is for my Girls)」를 부르고 때로는 춤을 추며 카메라 앞에 선다. 오바마 대통령 퇴임 후, 그녀는 "사람들에게 들려주고 싶은 이야기를 잔뜩 품고서" 자서전 『비커밍(Becoming)』을 출간했다.

세계적인 베스트셀러 작가이자 다큐멘터리 기획자가 된 미셸 오바마의 다음 행보가 궁금하다. "정치의 불쾌한 측면"을 신랄하게 비판하며 공직을 단호하게 거부한 미셸 오바마. 그녀가 펼칠 새로운 정치를 기대한다. "우리 자신의 이야기는 우리가 각자 갖고 있는 자산, 언제까지나 갖고 있을 자산이다. 우리는 저마다의 이야기를 소유한다." 미셸에게 아직 듣고 싶은 이야기가 남아 있다. 나 혼자만의 생각은 아닐 것이다.

오리아나 팔라치,

질문으로 권력을 깨뜨리다

"베트남 체류 이후 나는 세계의 지도자, 국가 정상들을 인터뷰하기 시작했다. 이 인터뷰들을 통해 많은 사랑을 받은 책『역사와의 인터뷰』가 나왔다. 나는 인터뷰를 싫어한다. 이른바 세상의 권력이라 부르는 인물들과 만나는 것을 비롯해서, 인터뷰는 언제나 큰 부담으로 다가왔다. 인터뷰를 잘 하려면 인터뷰이의 마음속으로 들어가서 빠져들어야 한다. 이 점은 항상 불편했다. 그 안에서 폭력성과 잔인함을 항상 봐왔다."

오리아나 팔라치는 권력의 속성을 잘 알고 있었다. 면전에서 권력자들의 허를 찔렀다. 1972년 11월, "세계가 마치 하버드 대학교의 자기 제자들인 것처럼 세계를 꼼짝 못 하게 만들어놓은" 헨리 키신저는 팔라치에게 크게 패했다. 키신저는 그만 베트남 전쟁이 "무익한 전쟁"이었다고 실토하고 말았다. 상황을 수습하기 위해 재빨리 "나는 베트남전의 정당성 여부, 미국이 그 전쟁에 개입한 것이 유용했는가 무용했는가의 여부를 판단할 위치에 있지 않습니다."라고 변명했지만, 키신저의 논리는 궁색하기 짝이 없었다. 유대인 수용소를 피해 15세에 미국으로 건너 온 키신저는 하버드 대학교 교수와 케네디, 존슨 대통령의 고문 및 닉슨 정부의 국가 안보보좌관을 거쳐 50세에 미국의 국무 장관이 되었다.

인터뷰 현장에서 만난 헨리 키신저는 빈틈없는 사람이었다. "한 마디 한 마디에 무게감을 실었고 의도하지 않은 말은 절대 흘리지" 않았다. 그러나 팔라치는 대화가 거듭될수록 키신저가 "권위적인 자세로 자신을 방어하는 사람"이라고 결론지었다. 10분마다 걸려오는 닉슨의 전화에 전전긍긍하는 장면도 목격했다. 키신저는 "자유로운 정신도, 자신감도 부족한 사람"이었다.

팔라치는 승기를 잡았다. "키신저 박사님, 권력이 얼마만큼 매력적이라고 생각하시나요? 솔직히 말씀해 보십시오." 키신저는 조금씩 자신을 드러내기 시작했다. "나에게 흥미 있는 것은 권력을 가지고 할 수 있는 일입니다. 나를 믿으십시오, 권력으로는 훌륭한 일들을 할 수 있습니다. ······ 약 세 번의 선거전에서 나는 닉슨을 반대해 왔습니다." 뒤이어 오리아나 팔라치는 키신저가 깊숙이 숨겨온 야망을 낚아챘다. "키신저 박사님, 당신이 대통령보다 더 유명하고 인기가 높다는 사실을 어떻게 설명하시겠습니까?"

순간, 헨리 키신저는 자신이 누구인지 잊었다. "미국인들은 말을 타고 혼자 앞에서 마차 수송대를 이끌어가는 카우보이를, 빈털터리로 말만 가지고 마을로, 도시로 혼자서 외로이 돌아다니는 카우보이를 좋아해요. …… 사실 이 카우보이는 용감할 필요는 없어요. 그는 단지 혼자 있다는 것, 그가 혼자 말을 타고 마을에 들어가서는, 혼자 힘으로 모든 일을 해낸다는 것을 남에게 보여주는 것만 필요하지요."

외교 협상의 법칙과 2인자의 처신을 잠시 망각한 키신저는 팔라치와의 인터뷰 이후 닉슨 대통령으로부터 한동안 대면을 거부당했다. 미국의 여론 또한 싸늘했다. 키신저는 1979년에 출간한 회고록 『백악관 시절』에서 "영향력 있는 인물의 대열"에 들어가고 싶은 "허영심"으로 팔라치의 인터뷰에 응한 자신의 어리석음을 후회했다. 키신저는 팔라치와의 만남을 "재앙"이라고 표현했다. 자신의 의도와는 정반대로 키신저는 팔라치의 국제적인 명성 및 언론인으로서의 실력을 입증하고 있었다.

이스라엘의 전쟁 영웅으로 추앙받는 아리엘 샤론 역시 팔라치 앞에서 우왕좌왕했다. 1982년에 이스라엘의 국방 장관으로 활약하던 아리엘 샤론은 베이루트의 팔레스타인 인들에게 폭격을 가한 직후 팔라치의 인터뷰 요청에 응했다. 아리엘 샤론은 주로 자신의 업적과 전세(戰勢)를 이야기 했지만, 팔라치는 베이루트에서 자행된 민간인 폭격의 책임을 추궁했다. 아리엘 샤론은 사실 무근이라며 완강히 부인했다. 팔라치는 자신의 가방에서 사진을 꺼냈다. 베이루트 현장에서 죽은 아이들의 사진을 아리엘 샤론 앞에 던졌다. 노련함으로 무장한 아리엘 샤론도 증거를 부인할 수는 없었다. 속수무책이었다.

그는 돌연 팔라치의 취재 역량에 찬사를 보낸다. "당신처럼 사전조사를 철저히 하고 나를 만나러 온 사람은 없었습니다. 당신처럼 오로지 인터뷰를 준비하기 위해서 폭탄이 떨어지는 전쟁터를 다녀온 사람도 없었습니다." 아리엘 샤론의 명예와 권위가 추락하는 순간이기도 했다. 팔라치의 압승이었다.

오리아나 팔라치는 1929년 이탈리아 피렌체에서 태어났다. 무솔리니의 파시스트 독재 정권에 맞서 싸웠던 부모님은 딸을 위해 고전 소설을 할부로 구입했다. 팔라치는 월반을 거듭해 16세에 피렌체 의대에 입학했다. 그 사이 집은 더욱 가난해졌다. 해부학 수업도 자신의 적성과 맞지 않았다. 그녀는 의대를 자퇴하고, 피렌체의 《마티노 델리탈리아 첸트랄레》 신문사를 찾아간다. 입사 1년 만에 능력을 인정받았다.

"나는 열일곱 살에 법정 관련 기사를 쓰기 시작했다. 처음에는 경범죄를 다루는 하급 재판소, 그러다 특별 재판소, 이후 중죄 법원을 담당했다." 사건을 취재하고 글을 쓰면서 기자는 숙명적으로 "미움받고 공격당하고 모욕을 받는 어려움"을 겪게 된다는 사실을 깨달았지만, 조금도 슬퍼하지 않앉다. "어떤 다른 직업이 당신에게 사건이 발생하는 바로 그 순간에 역사를 기록하도록 허용하며 직접적 증인이 되도록 허용하겠는가? 저널리즘은 가공할 만한 특권이다." 팔라치는 직업 윤리를 철저하게 지켰다. 정치 집회와 관련된 거짓 기사를 강요하는 편집인에게 "가짜 기사를 쓰느니 차라리 굶어 죽겠다."고 저항하다가 1952년에 해고를 당하기도 했다.

팔라치는 실직 후, 삼촌이 운영하는 언론사 《에포카》에 들어갔다. 삼촌은 연고주의에 빠지는 것을 우려해서 조카에게 비중 있는 기사는 단 한 편도 허락하지 않았다. 언론인 팔라치에게 "가장 어두운 시기"였다. 책상 앞에 앉아서 취합된 정보만을 요약하는 일은 우울했다. 팔라치는 1954년에 무작정 피렌체를 떠났다. 로마를 거쳐 밀라노의 《레우로페오》에 입사한 후 기자로서 활동 영역을 넓히기에 최선을 다했다. 팔라치는 1955년에 미국을 탐방했고, 1956년에는 헝가리 혁명을 취재했다. 1960년에는 중동 지역과 아시아 국가들을 방문하고 르포르타주 연재물을 연달아 발표했다.

베트남전이 장기화되자, 팔라치는 사망 책임은 온전히 자신에게 있다는 각서를 쓰고 1967년에 군용 수송기를 탔다. "나는 전쟁이 아무 쓸모가 없으며, 어리석은 짓일 뿐만 아니라, 인류가 반복하는 가장 어리석은 행동의 극이라는 것을 증명하기 위해 여기에 온 것이다." 종군 기자 팔라치는 전쟁보다 더욱 처참한 현실을 취재 현장에서 맞닥뜨리기도

여성, 정치를 하다

그는 진실만을 전달해야 한다는
저널리스트로서의 직업 윤리를 철저하게
지켰다. 호메이니를 인터뷰하기 위해 차도르를
착용한 오리아나 팔라치.(1979년)

했다.

1968년, 팔라치는 멕시코시티의 틀라텔롤코 광장 대학살 현장에 있었다. 멕시코 대학생들은 올림픽 개막을 앞두고 집회의 자유와 양심수 석방을 요구했다. 시위 당일에 멕시코 고위 공무원은 외신 기자들에게 "걱정하지 마세요. 아무 일도 없습니다."라고 했지만, 진압 부대는 시위대 앞에 대기하고 있었다. 5,000∼6,000명의 학생들은 평화롭고 질서정연하게 시위를 진행하고 있었다. 갑자기 헬리콥터 한 대가 광장 위에서 신호탄을 발사했고, 군인들이 트럭에서 내려 군중을 향해 총을 쏘기 시작했다. 팔라치도 피를 흘리며 쓰러졌다.

"나는 베트남에서 왔다. 그랬다. 나는 테트 공세와 후에 전투, 닥토 전투와 다낭 전투, 그리고 쾅트리 전투에서 온 것이었다. 나는 폭발과 발포, 피 따위가 담배처럼 익숙해져 있었다. 하지만 나는 내 눈을 믿을 수 없었다. 그곳은 전쟁터가 아니었기 때문이다. 나는 곧 올림픽이 열리는 도시에 있었다." 팔라치는 등과 다리에 총알을 맞았고, 두 차례 긴 수술을 받았다. 멕시코 학생운동의 현장에서 오리아나 팔라치는 "인간의 손에 죽은 모든 인간의 죽음"을 떠올리며 결코 "햇빛 아래에서 꼼짝 않고 무기력하게 하품이나" 하면서 살지 않기로 다짐한다. 팔라치는 세계를 움직이는 권력자들을 한 명 한 명 찾아가 인터뷰를 청한다. "소수의 권력자들이 우리와 어떻게 다른가라는 질문에 대한 답변을 정보와 함께 얻어내려고 하면서 말이다."

1976년 출간된 『역사와의 인터뷰』는 팔라치가 "현재 권력을 장악하고 있든, 아니면 권력에 대항하고 있든 간에 여러 가지 방법으로 우리의 운명을 결정하고 있는 그런 사람들을 이해하고 싶은 희망을 품고" 14명과 나눈 대담을 엮은 책이다. 팔라치는 독자들에게 일관된 질문을 던진다. 권력자들은 과연 특별한 사람들인가? "우리의 운명을 지배하는 사람들이 우리들보다 진정으로 더 훌륭한 것은 아니다. 그들이 우리들보다 더 총명하고, 더 힘이 세며, 지식이 더 많은 것도 아니다. 뭔가 다른 것이 있다면 그것은 그들이 우리보다 더욱 모험심이 강하며 야망이 크다는 점이다."

팔라치의 주장에 따르면, 특정 권력 혹은 권력자들이 사람들을 마음대로 지배할 수 없도록, 그리고 함부로 처벌할 수 있는 권리를 부여받지 못하도록 저항하는 것이 정치의 역할이며 언론인의 책무라는 결론에 이르게 된다. 팔라치는 사선(死線)을 넘으며 분쟁 지역을 누비거나 권력자들을 인터뷰하는 것으로 모자라, 독재 정권과 이슬람 원리주의를 비판하는 글들을 목숨을 걸고 마지막 순간까지 발표했다.

팔라치는 자신에게 인간의 존엄성을 상징하는 "가장 아름다운 기념비는 펠레폰네소스의 언덕 위에서" 보았던 "아니오"를 의미하는 그리스어 "Oχι" 세 글자였다고 고백한다.

나치 점령 하에서 파시즘에 항거한 그리스 사람들이 새겨놓은 그 세 글자를 나치 지휘관들은 흰 도료로 덮어버렸다. "그러나 즉각적으로, 거의 마력적으로 햇빛과 비는 그 흰 도료를 벗겨버렸다." 그 세 글자는 "완강하고, 필사적으로 지울 수 없게, 표면 위에 다시 나타났다." "아니오"라는 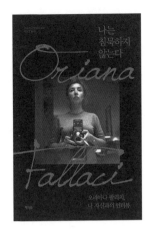 말이 끝내 나치를 무너뜨렸다. 팔라치도 그렇게 싸웠다. 팔라치는 지배와 복종 대신 저항과 경쟁이 정치의 근간이 되기를 간절히 원했다.

팔라치는 자신의 말과 글로 정치에 참여했다. 16세부터 77세까지 그녀를 지탱해 온 저항 정신의 근원이었다. 팔라치는 "아니오" 그 세 글자에 담긴 의미를 찾기 위해 수많은 사람들을 만나 날카로운 질문을 던지고 문제적인 글을 발표하며 세상에 파문을 일으켰다. 또한 기회가 있을 때마다 "정치는 꼭 여성이 해야 할 분야"라고 강조했다. 팔라치의 주장에 전적으로 동의하며, 인간의 존엄성을 지키기 위해 권력을 해부하고 권력에 저항했던 언론인이자 작가 그리고 정치인으로 그녀를 기억하고 싶다. "인간은 어차피 죽어야 한다. 그러

여성, 정치를 하다

나 가장 중요한 것은 그저 죽는 것이 아니라 정의의 편에서 죽는 것이다." 오리아나 팔라치가 정치에 묻는다. 권력은 누구의 편인가?

누가 나의 자질을 판단하는가

"나는 학생들과 함께 있는 것이 대단히 기뻤지만 정치를 포기할 생각은 없었다. 나는 정치와 정치적 이슈가 사람들에게 어떤 영향을 미치는지 연구하는 게 좋았다. 그러나 정치인들에 대한 대중적인 혐오를 공유하지는 않았다. 정치 세계의 사람들은 타협을 해야 하고 지나치게 많은 시간을 기금을 모금하는 데 써야 하며 종종 과장된 공약을 해야 한다. 하지만 그들은 또한 자신들의 길을 걸어야 하고, 열심히 일해야 하고, 위험을 감수해야 한다. 결국 그들 가운데 가장 뛰어난 사람들만이 현실적이면서도 영원한 가치를 이룬다."

1983년 1월, 매들린 올브라이트는 어쩔 수 없이 이혼했다. 23년 동안의 결혼 생활은 끝이 났다. 1년 전인 1982년 1월에 남편 조는 갑자기 "우리의 결혼 생활은 끝났소. 나는 당신보다 더 젊고 예쁜 여자를 사랑하고 있소."라고 하며, "바로 짐을 싸서 자신이 사랑하는 여자가 있는 애틀랜타로 가서 살 것이라고 통보"했다. 45년 동안 살면서 그렇게 놀란

적은 없었다. 날벼락이 따로 없었다.

웰즐리 대학교를 졸업하자마자 언론 가문 출신의 전도유망한 저널리스트 조와 결혼한 매들린은 세 딸을 키우며 단란한 가정을 이루고 있었다. 그녀는 일과 가정의 균형을 잡으며 자신의 미래를 준비했다. 출산 직후부터 13년 동안 새벽 4시 반에 일어나서 커피를 마시며 국제정치학을 공부했다. "앤과 앨리스가 아직 아기 침대를 벗어나기도 전에 시작했던 논문이 그 아이들이 고등학교에 다닐 때야 끝이 났다." 매들린 올브라이트는 1975년 5월에 컬럼비아 대학교에서 박사 논문 발표를 마치고, 현실 정치에 뛰어들었다. 1976년부터 1978년까지 민주당 에드먼드 머스키 상원의원의 입법 담당 수석고문을 맡으며 실력을 인정받은 그는 1978년에 지미 카터 행정부의 안보 보좌 담당관 즈비그뉴 브레진스키로부터 국가안전보장회의 진행 담당을 제안 받았다.

국제 정치를 전공하고 외교 문제에 더욱 관심을 가졌던 매들린에게 상사이자 동료였던 에드먼드 머스키는 "여성이 의회의 국제 관계 업무에서 성공할 수 없다고 장담"했지만, 남편 조는 달랐다. "어째서 이런 기회를 거절하지? 당신이 항상 원했던 기회요. 덤벼봐요!" 그렇게 "진실로 친절하고 사려 깊고 든든한 뒷받침이 되어주었던 조"와의 결혼 생활이 종결되자 매들린 올브라이트는 많이 고통스러웠다. "기혼 여성이 아닌 성인 여성"으로 어떻게 살아가야 할지 앞이 막막했다. 이혼 후에도 막연히 조가 돌아오기를 바라고 있는 자신의 모습이 싫었다. 올브라이트는 딸들과 "똘똘 뭉쳐서 특별한 유대감을" 만들며 자신에게 닥친 변화와 위기를 돌파했다. 도전이 필요한 시점이었다.

매들린 올브라이트는 1982년부터 조지타운 대학교에서 국제 관계 강의를 맡고 있었다. 체코어와 러시아어에 능통했던 올브라이트는 소련 및 동유럽 전문가로 명성이 높았다. 실무 중심의 현장감 넘치는 그의 강의에 학생들이 몰려들었다. 그는 기꺼이 "젊은 여성들을 위한" 역할 모델이 되었다. 조지타운의 우수한 여학생들에게 "당당하게 말해요!" "참견을 하세요!"라고 자주 말했다. 기회가 있을 때마다, "여성들이 정상에 올라선 뒤에 성공의 사다리를 치워버리지 말고 다른 사람들이 성공을 하도록 도와야 하는 것에 대해 열정을 갖고 역설했다." 올브라이트는 4년 연속 조지타운 대학교의 최고 교수로 뽑혔다.

강의실 밖으로도 움직였다. 그는 현장을 체험하지 않고서는 정치를 제대로 연구할 수 없다고 믿었다. 올브라이트는 1984년에 민주당 대통령 후보인 먼데일 선거 캠프에 합류한다. 그는 부통령 후보에 제럴딘 페라로를 적극 추천했다. "여성을 부통령 후보로 뽑는 역사를 세우는 것"이 학문적 성취만큼이나 중요하다고 판단했기 때문이었다. 조지타운 대학교와 민주당 대선 캠프를 병행하려면 분초를 아끼는 수밖에 없었지만, 20대 초반부터 시간과 싸워왔기에 그는 분주한 상황을 두려워하지 않았다. 올브라이트는 선거일이 다가올수록 충분히 승산이 있다고 생각했지만, 깨끗하게 졌다.

그러나 의미 있는 패배였다. "민주당의 표는 말살되었다. 가슴이 쓰렸지만 내게 있어 그때의 선거 운동은 새로운 생활을 시작하는 데 도움이 되었다. 나는 새로운 친구들을 사귀었고 민주당 최고 집단 안에 내 자리를 마련할 수 있음을 증명했다." 올브라이트는 성공과 실패는 눈앞에 주어진 상황으로만 측정할 수 없다는 사실을 깨달았다. 동시에 선거 패배 후 전략 수립의 필요성을 절감했다. 전문가들과 포럼을 시작하고 싶었지만, 장소를 구하기가 쉽지 않았다. 그는 조지타운 대학교 근처에 위치한 자신의 집을 개방했다. 다양한 분야의 전문가들이 모여 샐러드와 빵으로 저녁 식사를 하면서 늦은 밤까지 현안별로 토론하는 시간을 정기적으로 가졌다.

1987년, 민주당 대선 후보들은 올브라이트를 외교 정책 고문으로 영입하기 위해 서로 경쟁했다. "돌연 나는 민주당의 대통령 후보로 지명된 사람들의 외교 정책 고문 중에서 최고가 되었다." 그 사이 이혼의 상처는 아물었다. 완전히 다른 세계가 열리고 있었다. "더 이상은 남들이 시키는 대로 할 필요가 없었다. 그리고 내가 나를 수습하는 동안 공산주의 세계가 붕괴되고 있었다. 탐구하고 배울 새로운 것이 많았다. 나는 때가 오면 다음 디딤돌로 펄쩍 뛸 준비를 하고 싶었다."

1992년 대통령 선거에서 승리한 빌 클린턴은 1993년 유엔 주재 미국 대사로 올브라이트를 임명했다. 클린턴 행정부 1기 4년 동안 유엔 대사로서 전 세계에 존재감을 드러낸 올브라이트는 1996년 12월 5일 아침 국무 장관에 임명된다. 올브라이트에게 축하 인사를 전하며 "남자들이 바짝 긴장하고 있어요."라고 이야기하는 사람들이 많았다.

남자들은 긴장만 하고 있지 않았다. 대통령의 절친한 친구 한 사람은 "올브라이트는 그 일을 얻을 수 없을 것이다."라는 소문을 퍼뜨리고 다녔고, "난 그리 똑똑하지 않지만 열심히 일하고 있어요."라고 올브라이트가 사석에서 지인에게 한 말이 《뉴욕 타임스》에 "대문짝만 하게" 실리기도 했다. 프라하 출신의 올브라이트가 유럽 중심적일 뿐만 아니라 그의 지적 능력에도 의구심이 든다는 비판이 제기되었다. 사실 문제의 핵심은 간단했다. "미국이라는 나라가 세워진 지 207년이 지난 지금 한 여자가 국무부의 최고 수장이 되려 하고" 있었기 때문에 일어난 일이었다.

올브라이트는 자신이 겪고 있는 어려움이 "'첫 번째'라는 꼬리표를 다는 모든 여자와 소수층이 맞닥뜨리는 문제"임을 인지했다. 주류들은 비주류를 향해 "자질을 갖춘 후보

여성, 정치를 하다

자가 없다."고 대수롭지 않게 내뱉었지만, 올브라이트는 이 문제에 있어서만은 확고한 신념을 가지고 맞섰다. "사실 누군가 어떤 일을 맡아서 할 때까지 누구도 그의 자질을 판단할 수는 없다." 올브라이트는 미국 최초의 여성 대법관인 샌드라 데이 오코너가 NBC와의 인터뷰에서 "레이건 대통령의 제안을 받았을 때 내가 그 제안을 수락할 만큼 자질이 있는지 걱정됐어요."라고 고백했던 장면을 떠올렸다. 친구들의 충고가 옳았다. "남자라면 결코 그러지 않았을" 것이다. 올브라이트는 청문회 준비를 꼼꼼하게 마쳤다. 1997년 1월 22일, 상원에서 올브라이트의 임명안은 99대 0으로 통과되었다. 다음 날 올브라이트는 국무 장관 취임 서약을 한다. 그는 국무 장관으로서 자신의 점수는 "가장 가혹하지만 가장 공정한 심판관인 역사가 매겨줄 것임을" 떠올리며 공무를 시작했다.

국무 장관으로서 반드시 달성하고 싶은 구체적인 목표도 있었다. "나는 국제 문제에 관한 한 당파를 넘어선 초당적 연합을 부활시키고 싶었다. 냉전이 끝나면서 대부분의 외교 문제에서 더 이상 민주당과 공화당 사이에 선이 그어지지 않았기에 나는 이에 대해서는 낙관적인 입장이었다. …… 공화당의 표가 필요할 때 그들에게 손을 내미는 것은 지극히 합리적인 생각이다." 올브라이트는 필요하면 누구라도 먼저 찾아가 대화를 청했다. "유능한 팀을 구성"하기 위해 "가능하기만 했다면 나는 단연코 초대 국무 장관 토머스 제퍼슨마저 내 팀에 합류시켰을 것"이라는 각오로 뛰어난 인재들을 영입했다. 당파를 초월한 민주당 출신의 국무부 장관은 차츰 "자질"을 인정받기 시작한다.

그러나 일부 세력들은 여전히 올브라이트를 못마땅하게 여겼다. 흔들 수 있을 때까지 흔들어보자는 심보였을까? 아니면 국무 장관 자리에서 끌어내릴 수 없으면 깊은 상처라도 주고 말겠다는 의도였을까? 1997년 2월 4일 《워싱턴 포스트》 1면 기사 제목은 "올브라이트가의 비극이 밝혀지다"였다. 부제는 더욱 폭력적이었다. "장관은 세 명의 조부모가 홀로코스트에 희생당한 유대인이었다는 사실을 몰랐다고." 올브라이트가 "그 사실을 몰랐다는 것이 마치 무슨 범죄처럼 묘사되고 있었다." 그는 순간 "나의 조부모님들이 강제 수용소에서 세상을 떠났다는 사실을 좀 더 일찍 알지 못했기 때문에 모든 것을 잃게 될 것"이라고 생각했지만, 올브라이트에게 사퇴 압력을 가할 수 있는 사람은 없었다. 그는 묵묵히 자신의 임무에 최선을 다했다. 특히, 국무부 장관 올브라이트의 능력은 국제 사회가 긴장 국면에 접어들 때마다 더욱 돋보였다.

2000년 10월 23일, 올브라이트는 평양을 방문했다. 그는 김정일에게 "미국이 북한의 민간 위성을 타국에서 안전 조치 하에 발사하는 데 동의해 주는 대가로 북한이 모든 미

미국 국무부 장관으로서 2000년 10월 평양을
방문하여 북한 김정일 국방위원장과 한반도 평화를
논의했다. 유연한 북미 관계를 이끌었던 외교 전략이
돋보였다.

'최초의 여성 국무부 장관' 타이틀을 앞두고 자질
논란이 일어났지만, 개의치 않았다. 공직자로서의
점수는 훗날 역사가 매길 것이라 믿었다.

사일의 생산, 시험, 배치 및 수출을 중단하기를" 요구했고, "북한이 제네바 합의를 충실하게 이행하며 독단적인 핵 활동을 하지 않기를" 원하며 대화를 주도했다. 미국과 북한의 관계를 유연하게 이끌어 갔던 올브라이트의 외교 전략은 북한 이슈가 부상될 때마다 재조명되고 있다.

냉철하고도 낙관적인 세계관을 유지했던 올브라이트가 80세부터 달라졌다. 2017년, 트럼프 행정부 출범 이후 올브라이트는 부쩍 의심이 많아졌다. 2020년, 83세의 올브라이트는 세상을 향해 "경고"한다. "기술 혁명의 어두운 밑바닥, 세상을 좀먹는 권력의 영향력, 진실에 대한 미국 대통령의 경시, 비인간적인 모욕에 대한 불감증, 이슬람 혐오증, 반유대주의로 추진력을 얻은 그 기류들은 이제 정상적인 공공 토론의 범위 안으로 밀려들고 있다." 그는 저술과 강의에 매진하면서 "최악의 상황이 지나가기만을 기다리고 싶은 유혹"과 싸우고 있다. 역사는 매들린 올브라이트를 책임을 회피하지 않는 여성 정치인으로 평가할 것이다. 그녀는 원로의 품격을 갖추었다.

케테 콜비츠,

씨앗들이 짓이겨져서는 안 된다

"1920년 1월 5일. 이제는 태산 같은 사람들의 고통을 입 밖에 내어야 한다. 그게 내가 맡은 임무인데도 그 일을 해내는 건 정말 쉽지 않다. 흔히들 일을 하면서 마음이 가벼워진다고 말한다. 하지만 내가 이 포스터를 그렸음에도 빈에서는 날마다 사람들이 굶주려 죽어간다면, 과연 이 일이 내 마음을 가볍게 할 수 있을까? 내가 그 사실을 알고 있는데? 전쟁에 관한 그림을 그릴 때, 전쟁이 계속해서 미친 듯이 질주하고 있다는 사실을 내가 알고 있는데도 마음이 가벼워질 수 있단 말인가?"

케테 콜비츠는 1867년, 독일의 쾨니히스베르크에서 태어났다. 그녀의 외할아버지와 아버지는 비범했다. 케테 콜비츠의 외할아버지인 율리우스 루프는 프로이센 지역에 최초의 자유교회를 설립했다. 교리에 속박당하지 않았던 그는 시대의 이단아로 취급받았다. 판사였던 아버지 칼 슈미트도 강직했다. 공무원 생활에 회의를 느꼈다. 진보적인 의견

155　　　　　　　　　　　　　　　　　　여성, 정치를 하다

을 개진해도 매번 묵살당하자, 미련 없이 법원에 사표를 제출했다. 정직한 노동이 신성한 삶의 원천이 된다고 믿었다. 아버지는 판사직을 내려놓고 "미장이의 삶을 택해 기능인이 되었다." 그녀는 "독자적으로 사고하고 판단 내리는 법을 배울 수 있는 사람들 사이에서 성장"한 자신의 유년 시절에 큰 자부심을 가졌다. 하지만, 시대와 정면 승부를 벌인 "그분들의 도덕적 우위를 너무 지나치게 의식"할 때마다 알 수 없는 열등감도 느꼈다. 대부분의 시간을 혼자서 그림을 그리거나 책을 읽으며 자랐다.

케테 콜비츠는 18세 되던 해인 1885년에 베를린 여자예술학교에 입학했다. 예술이 소수의 부유한 사람들에게만 독점되는 현실에 큰 반감을 가졌다. 소박한 아름다움을 구현하고자 했다. 판화에 큰 매력을 느꼈다. 노동자들의 삶을 진솔하게 표현하는 예술가가 되고 싶었다. "그들을 반복해서 묘사함으로써 그들의 삶을 지탱해 나가는 가능성을 보여주고 싶다는 생각이었다." 가치관이 같은 사람과 사랑에 빠졌다. 1891년, 케테는 의료보험조합 의사 칼 콜비츠와 결혼한다. 베를린 빈민가에 무료 진료소를 개설한 두 사람은 의료봉사 활동에 전념했다. 1892년과 1896년에 아이들이 태어났다. 한스와 페터는 사랑스러웠다. 케테 콜비츠는 판화 작업에 다시 매진하기 시작했다. 그녀는 결혼 이후에도 비판적인 현실 인식을 유지했지만, 일상은 대체로 평온했다.

하지만 1893년 2월에 게르하르트 하우프트만의 연극 「직조공들」 공연을 보고 큰 충격에 빠졌다. "이 공연으로 나의 작업에 한 획이 그어졌다." 케테 콜비츠는 1893년부터 1897년까지 연작 「직조공 봉기」 열세 편을 완성했다. 직조공들의 가난과 분노가 마치 그림을 뚫고 나올 듯이 생생하게 표현되었다는 호평을 받았다. 케테 콜비츠는 "비생산적이고 무력한" 예술을 배격했다. 누구라도 이해할 수 있는 대중적인 예술을 추구했다. 이어서 발표한 두 번째 큰 연작 「농민 전쟁」도 호평을 받았다. 그녀는 독일을 대표하는 "사회적 여성 예술가"로 인정받았다. 케테 콜비츠는 "서른 살부터 마흔 살까지는 모든 면에서 매우 행복했다." 순탄했던 일상은 전쟁으로 하루아침에 산산조각이 났다.

1914년, 1차 세계대전이 일어났다. 열여덟 살이었던 둘째 아들 페터는 자원입대 의사를 밝혔다. 누구도 페터의 뜻을 꺾을 수가 없었다. "조국이 내 나이 또래를 필요로 하지는 않지만, 나는 조국을 필요로 하고 있어요." 1914년 10월 30일, 케테 콜비츠는 아들의 전사 통지서를 받았다. 숨쉬기조차 어려운 시간들을 견뎌내야 했다. 죽은 아들에게 편지를 쓰는 것 이외에 아무 일도 할 수 없었다. "내 아들 페터야, 나는 계속 너의 뜻에 충실하게 살겠다. 너의 뜻이 무엇이었던가를 잊지 않고 지켜가련다. 그렇다면 내가 할 일은?"

그녀에게는 판화와 조각이 있었다. 케테 콜비츠는 무엇

"전쟁에 관한 그림을 그릴 때, 전쟁이 계속해서 미친 듯이 질주하고 있다는 사실을 내가 알고 있는데도 마음이 가벼워질 수 있단 말인가?"(1906년)

을 표현할 것인지 스스로에게 집요하게 탐문했다. "언제나 한 가지만 머리에 남는다. 전쟁." 하지만 아들을 잃은 슬픔은 금세 치유되지 않았다. 케테 콜비츠는 아들이 죽은 지 반년이 훌쩍 지나고 나서야 어렵사리 작업을 다시 시작할 수 있었다. 그로부터 약 10년에 걸쳐 케테 콜비츠는 목판화「전쟁」 시리즈를 완성했다. "1923년 10월 14일. 아카데미에서 그래픽 전시회가 열렸다. 거기서「전쟁」 연작과 거기에 딸린 스케치, 그리고 죽음에 대한 그림들을 보여주었다. 다행스럽게도, 작품에 대한 반향이 좋다는 게 느껴진다."

특히, 1924년에 발표한「전쟁은 이제 그만」은 그녀에게 국제적인 명성을 가져다주었다. 역설적이게도 독일의 상황은 최악이었다. 1차 세계대전에서 패전국이 된 독일은 전쟁 배상금을 갚기 위해 화폐를 찍어 내기 시작했다. 상상을 초월하는 인플레이션이 닥쳤다. 1조 마르크로도 빵 한 조각 사기가 어려웠다. 살림살이는 나아질 기미가 보이지 않았다. 민심은 흉흉해졌다. 유대인을 악의 원천으로 규정하면서 애국심을 강조한 아돌프 히틀러가 갑자기 정치 지도자로 부상하고 있었다.

히틀러가 독일 사회에 전면에 등장해 광풍을 이끌지 않았더라면, 케테 콜비츠는 아마도 작품에만 전념했을 것이다. 그러나 그녀는 누구도 정치로부터 자유로울 수 없는 시대를 통과하고 있었다. 1920년 1월에 "부끄럽다. 나는 아직

여성, 정치를 하다

(위)「전쟁」 연작 중 「자원입대자들」(1923)
(아래)「전쟁」 연작 중 「어머니들」(1921~1922)

「전쟁은 이제 그만」(1924)

껏 당파를 취하지 않고 있다. 아무 당에도 소속되어 있지 않다. …… 본래 나는 혁명론자가 아니라 발전론자다."라고 털어놓았던 케테 콜비츠는 1932년 7월 선거를 앞두고 완전히 다른 사람이 되어 있었다. 히틀러가 지도자가 되는 일만은 막아야 했다. 그녀는 지식인들을 규합하고, 글 「긴급호소!」를 발표했다. 반(反)파시즘 연대를 적극 추진했다. 하인리히 만과 알베르트 아인슈타인도 케테 콜비츠의 뜻에 동의했다.

선거 결과는 절망적이었다. 1933년에 히틀러는 총리에 취임했고, 나치당은 총선거에서 40퍼센트를 웃도는 득표율을 얻었다. 전권(全權)을 장악한 히틀러는 자신에게 비판적이었던 지식인들을 탄압하기 시작했다. 케테 콜비츠에게도 여러 가지 형태로 압박이 가해졌다. 그녀는 프로이센 아카데미를 탈퇴할 수밖에 없었다. 아틀리에를 떠나야 했다. 1933년 7월 1일에는 "사회민주주의 의사 연맹에 속한 모든 의사들이 의료보험 조합에서 쫓겨났다. 칼 역시 쫓겨났다." 케테 콜비츠의 전시회는 금지되었다. 언제 가택 수색을 당할지 몰랐다. 그녀는 외국 기자와 인터뷰하면서 자신의 근황을 있는 그대로 이야기했다. 1936년 7월 게슈타포 관리 두 사람이 나타나 케테 콜비츠를 신문했다.

미술학교 입학 시험을 치는 등 화가 지망생이었던 히틀러는 정치인이 되어 권력을 잡고 나자, 예술가와 지식인들을 폭압적으로 대했다. 1937년 독일에서는 퇴폐 미술전이 개최

되었다. 케테 콜비츠, 칸딘스키, 파울 클레, 샤갈, 뭉크, 피카소가 독일 국민들에게 악영향을 미치는 퇴폐적인 예술가로 분류되고 만, 촌극에 가까운 비극이 펼쳐졌다. 70세 생일을 맞은 케테 콜비츠는 독일에서 갑자기 퇴폐 예술가로 취급받고 있었지만, 미국과 중국을 비롯한 해외에서는 점차 큰 영향력을 확보해 갔다. 특히 중국의 루쉰은 기회가 있을 때마다 케테 콜비츠를 극찬했다. "이 위대한 예술가는 오늘날 침묵을 선고받았지만, 그녀의 작품은 현재 아시아에까지 전파되고 있다. 케테 콜비츠의 예술 정신은 언어의 장벽을 뛰어넘는다."

히틀러는 파멸을 재촉했다. 1차 세계대전에서 승리해야 마땅했던 독일이 정치인들의 배신으로 패배했다고 주장하는 것으로도 모자라, 빼앗긴 승리를 되찾아 오겠다고 호언장담했다. 히틀러의 망언에 열광하는 사람들이 많았다. 독일은 총력전 체제에 돌입했다. 1939년 9월 1일, 히틀러는 폴란드를 침공했다. 이듬해에는 덴마크와 노르웨이를 점령했다. 네델란드, 벨기에, 프랑스도 독일군에 함락되었다. 약 600만 명의 유대인이 학살되었다. 케테 콜비츠는 깊이 절망했다. 1941년, 케테 콜비츠의 마지막 판화 「씨앗들이 짓이겨져서는 안 된다」는 그녀 자신의 표현처럼 "유언"과도 같은 작품이다. 케테 콜비츠의 절규는 그녀가 남긴 일기에 생생하게 기록되어 있다. "망아지처럼 바깥 구경을 하고 싶어 하는

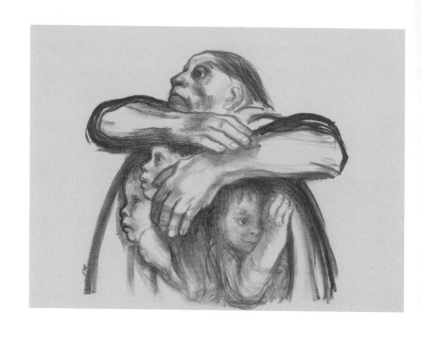

「씨앗들이 짓이겨져서는 안 된다」(1941)

베를린의 소년들을 한 여인이 저지한다. 이 늙은 여인은 자신의 외투 속에 이 소년들을 숨기고서 그 위로 팔을 힘 있게 뻗치고 있다. 씨앗들이 짓이겨져서는 안 된다. …… 막연한 소원이 아니라 명령이다. 요구다."

이 작품을 발표하고 얼마 지나지 않은 1942년, 케테 콜비츠는 러시아 전선에 배치되었던 맏손자 페터를 잃었다. 전쟁에서 죽은 제 삼촌의 이름을 딴 아이였다. 그녀는 생애 마지막 순간까지, 전쟁의 참상과 비극을 형상화하는 것이야말로 예술가인 자신에게 주어진 사회적 임무라고 받아들였다. 동시에 케테 콜비츠는 자신의 작품들이 온 세상을 떠돌아다니며 많은 사람들을 만날 수 있는 방법이 무엇일까 고심했다. 케테 콜비츠는 "어떤 목적을 지닌 작품은 순수한 예술일 수 없다."라며 자신을 비판하는 사람들 앞에서 한 발도 물러서지 않았다.

"내가 작업을 할 수 있는 한 나의 예술로 영향력을 행사하려는 의지를 버리지 않을 것이다." 영향력을 행사하려는 의지야말로 정치의 출발점이라고 생각한다. 케테 콜비츠의 생각은 옳았다. 예술과 정치는 분리될 수 없다. 괴벨스를 앞세워 선전 선동 전략을 구사하며, 정치를 예술의 일부로 활용하는 동시에 예술을 정치에 복속시키려고 했던 히틀러에게 케테 콜비츠는 가장 위협적이었던 적수 가운데 한 사람이 아니었을까? 그녀는 대단히 고독했을 것이다.

165

1944년 7월 케테 콜비츠는 가족들에게 작별 인사를 보낸다. "수많은 고난에도 불구하고 내게 줄곧 행운을 가져다주었던 내 인생에 성호를 긋는다. 나는 내 인생을 헛되이 보내지 않았으며, 최선을 다해서 살아왔다." 하루빨리 2차 세계대전이 끝나기만을 바라는 마음으로 "내 시대는 이제 다 지나갔다."라는 말을 반복했던 케테 콜비츠는 1945년 4월 22일 세상을 떠났다. 기아와 약탈과 학살이 없는 세상을 위해 그녀는 기꺼이 예술과 정치를 결합시켰다. 그녀의 작품을 볼 때마다 올바른 아름다움이 무엇인지 오랫동안 생각하게 된다. 케테 콜비츠는 고통을 직시한 예술가였다. 선한 영향력을 정직하게 행사하고자 했던 정치인이기도 했다.

무엇을 위해

3

차이잉원,

나약해질 권리는 없다

"집으로 돌아가는 길, 빗방울은 조금 전에 보았던 지지자들의 눈물처럼 아무 소리도 없이 차창을 때리며 흘러내렸다. 나를 가장 자책하게 한 것은 바로 지지자들의 눈물바다였다. 2012년 총통 선거는 그렇게 끝이 났다. …… 조금 전에 총통 선거를 치렀지만, 타이베이의 모습은 오늘도 평소와 다르지 않았다. 이렇듯 계속해서 살아가야 하는 것이, 진짜 인생이다. 그 순간 나에게 진짜 인생은 총통 선거에서 승리하지 못했다는 사실뿐이었다."

2012년 1월 14일, 타이완 총통 선거가 치러졌다. 민주진보당 후보인 차이잉원은 국민당 후보 마잉주에게 80만 표 차이로 졌다. 석패라는 말은 낙선자에게 위로가 되지 못했다. 선거는 초반부터 박빙이었다. 마잉주는 "타이완 파이팅, 최고!"를 외치며 연임을 확신했다. 차이잉원은 "TAIWAN NEXT"와 "공평정의"를 구호로 들고 나와 정권 교체를 호소했다. 양당 지지자들의 대결 구도는 후보들 이상으로 팽팽

했다. 차이잉원의 지지자들은 순식간에 18만 5,000여 개의 돼지 저금통을 모았다. 국민당 지지자들의 결집도 대단했다. 해외에 거주 중이던 타이완 사업가들은 "하루 고생, 4년 행복"이라는 말을 전파하며, 투표를 위한 일시 귀국 운동을 추진했다. 국민당의 경제 정책이 대중들의 관심을 끌었다. 차이잉원은 "마지막 1마일"을 넘지 못했다.

차이잉원은 구슬프게 울기만 하는 지지자들에게 "선거 패배는 저 한 사람의 책임입니다."라는 말로 용서를 구했다. 그리고 마잉주에게 축하 인사를 전했다. "마 총통이 앞으로 4년 동안 국민의 소리에 귀 기울이고, 열심히 정치에 임하며, 모든 이들을 공평하게 보살피고, 절대 국민의 기대를 저버리지 않기를 바랍니다." 차이잉원은 이내 민진당 주석 사임 의사를 밝혔다. "패배하면 곧장 자리를 떠나는 것이 창당 이래 민진당의 관례였다." 비록 선거에서 졌다 할지라도, "당의 전통과 가치를 지키는 일"을 소홀히 하고 싶지 않았다. 그러나 차이잉원은 자신의 미래를 600만 명의 지지자들에게 맡겼다. 정계 은퇴는 꿈도 꿀 수 없었다. "나에게는 나약해질 권리가 없었다. 내 마음대로 할 권리는 더더욱 없었다. …… 그들이 가라고 하면 나는 그 길을 가야만 했다."

낙선 인사를 마치자마자 차이잉원은 4년 후에 치러질 차기 총통 선거 준비에 돌입한다. 먼저 패배 요인부터 정확하게 파악해야 했다. 객관적인 분석이 필요했다. 차이잉원은

"여론조사 기관에 실패의 원인을 자세히 조사해 달라고 의뢰"했다. 자신을 성찰하고 시대를 통찰하는 시간을 가졌다. "내가 도대체 무엇을 놓쳤기에 국민의 신임을 얻지 못했는가 하는 질문"을 무수히 던졌다. "국민 속으로 돌아가서" 새로운 시각을 확보하지 않으면 4년 후 선거 역시 백전백패할 수밖에 없는 상황이었다. 문득, 아버지의 말씀이 떠올랐다. "다른 사람과 겨루지 마라. 다른 사람이 할 수 있는 일이라면 그 사람이 하도록 하고, 그 사람들이 하지 않거나 할 수 없는 일을 네가 가서 해라." 차이잉원은 할 일을 찾았다.

복기(復棋)에 들어갔다. 유복한 집안에서 태어나 엘리트 코스를 밟은 차이잉원이 정치에 입문했을 때 사람들은 의아해했다. 안정적인 자리가 보장된 국민당 대신 험난한 길이 예정된 민진당을 선택한 이유를 짐작조차 못 하는 사람들이 많았다. 차이잉원은 그때마다 침착하게 대답했다. "서구 문화권에서 한동안 생활한 후 다시 타이완으로 돌아왔을 때 나는 사람들이 아직도 민진당에 대해 '학력이나 실력이 떨어지는 사람이나 들어가는 곳'이라는 편견을 가지고 있는 것을 목격했다. 그러나 내 눈에 비친 민진당은 민주와 진보라는 소중한 가치를 실현하기 위해 희생을 마다않았으며, 이는 내가 믿어온 최고의 가치이기도 했다." 차이잉원은 타이완의 주류 세력 교체를 꿈꾸었던 젊은 날의 패기가 그리웠다. 자연스럽게 선거 실패의 원인이 파악되었다. 화려한 이

여성, 정치를 하다

력이 차이잉원에게 오히려 걸림돌이 되고 있었다. 선거에서 패배하기 전에는 미처 깨닫지 못했던 사실이었다.

1956년 타이베이에서 태어난 차이잉원은 국립 타이완 대학교를 졸업하고 바로 미국 유학길에 올랐다. 코넬 대학교에서 석사 과정을 마친 후, 런던 정경대(LSE)에서 2년 반 만에 박사 학위를 취득하고, 27세에 국립정치대학교 법학과에 최연소 교수로 부임했다. "섬나라인 타이완에 무역은 경제의 심장과도 같다."고 판단했던 차이잉원은 불공정 무역과 긴급 수입제한 조치를 집중적으로 연구했다. 관운도 따랐다. 경제부 산하의 국제무역국에서 지적 재산권 협상 업무를 맡고 있던 변호사 친구가 차이잉원에게 자신의 업무를 맡아달라고 부탁했다. "매일 도전적인 과제를 만나고 해결하며 살아가기를" 희망했던 차이잉원은 친구의 부탁을 흔쾌히 수락한다. 차이잉원은 WTO 가입 협상 테이블에서 타이완을 대표했다. 정계 입문도 순조로웠다. "내 인생에서 가장 중요한 전환점은 불혹의 나이를 갓 지났을 때 찾아왔다. 천수이볜 전 총통이 돌연 나를 대륙위원회 주임위원으로 임명한 것이다." 누구도 차이잉원의 능력을 의심하지 않았다.

"나는 학자, 국제 협상가, 정무관으로서 경력을 쌓았고 그 후에는 야당의 당 주석으로 일했다." 그러나 차이잉원은 승승장구하는 동안 자신이 얼마나 "추상적인 사고에 익숙해졌고, 정책 입안자의 시각에서 국민의 필요를 생각해" 왔는지 전혀 인지하지 못했다. 총통 선거에서 지고 나서야 정신이 번쩍 들었다. "정부의 정책 입안자가 마련한 정책이 진정 국민의 정서나 필요와 맞아떨어질까?" 현장에서 답을 찾아야 했다. 타이완의 벽촌에서 어떤 삶이 펼쳐지고 있는지 알지 못하는 자기 자신이 부끄러웠다. 차이잉원은 길을 떠났다. "시골 마을, 지역사회, 농촌, 공장 등을 찾아다녔는데, 일정에 쫓기지 않고 마음 내키는 대로 다니면서 마음속 질문에 대한 답을 찾으려고 노력했다."

타이완 북부의 신베이(新北)시에서 재활용 상점을 운영하는 차이잉원의 지지자 한 사람은 서민들의 생활고를 있는 그대로 이야기했다. "우리는 매일 먹고사느라 바빠서 거리로 나가 시위할 시간도 없어요." 차이잉원은 목에 가시가 걸린 듯 아팠다. "만일 정치가 국민의 생활을 더 나아지게 할 수 없다면 정치인이 된들 무슨 소용이 있을까? 성실한 타이완 국민 한 명 한 명은 어떤 정치인보다 훨씬 소중하다." 타이베이로 돌아온 차이잉원은 '상상논단'이라는 이름의 온라인 공개 토론장을 열었다. 건강하고 치열한 토론이 펼쳐지는 공론장이야말로 민주주의 성장의 필수 조건이었다. 차이잉원은 정치의 공간을 확장시켰다. '상상논단'은 중국어 간체자를 지원하며, 전 세계 중국어 사용자들과 소통했다.

차이잉원의 현실 감각은 한층 날카로워지고 있었지만, 마잉주 정부는 연이어 자충수를 두고 있었다. 차이잉원은 민심의 흐름을 예의주시했다. 2013년 1월 13일, 민진당은 마잉주 총통 반대 행진을 벌였다. 타이베이에서만 10만 명의 사람들이 참가했다. 2013년 3월에는 반핵 단체들과 대규모 행진을 이끌었다. 마잉주 정부의 역주행은 가속화된다. 2013년 7월, 육군 하사 홍중추가 군대에서 의문사를 당하자 25만 명의 시민들이 거리로 나와 항의했다. 제도적 변화를 요구했다. 2013년 8월 3일에 타이완 군의 심사 체계는 일반사법으로 전환된다. 그러나 현실에서 풀어야 할 과제는 첩첩산중이었다. "연금, 중국 대륙과 타이완 관계, 빈부 격차, 재정 위기" 등의 문제가 복잡하게 얽혀 있었다. 마잉주 정부는 중국 시장 개방에 따른 노동권 침해, 언론 통제, 의료 복지, 환경 보호 등과 같은 중대한 이슈와 누적된 사회적 갈등을 마냥 모른 척하고 있었다.

마잉주 정부의 몰락은 예상보다 빨랐다. 2014년 3월 17일에 국민당 내정위원회 위원 장칭충은 30초 만에 '양안 서비스 협정' 심의 완료를 선포하고, 실질 심사도 거치지 않은 채 서비스 협정의 효력을 발생시키려 했다. 타이완 국민들은 일제히 분노했다. 다음 날인 2014년 3월 18일, 학생들은 입법원을 점거한다. 3월 23일 저녁에는 경찰이 투입되었다. 차이잉원은 조용히 절규했다. 경찰들에게 끌려가는 학생들의 "그 함성이 칼이 되어 내 마음을 찢었다. 그 몇 시간은 아마도 내 인생에서 가장 길었던 순간일 것이다." 3·18

운동에 참여하며 차이잉원은 권력의 중심부로 귀환하기로 결심한다.

2014년 5월 28일, 차이잉원은 민진당 주석으로 돌아왔다. 차기 총통 선거까지 약 1년 반의 시간이 남아 있었다. "민진당이 무엇을 해야 하는가?" 차이잉원은 "민주주의가 타이완의 땅 위에 있는 모든 사람의 공통적인 언어라고 굳게" 믿었다. 타이완 민주주의의 발전과 시대적 과제 완수를 위해 차이잉원은 새로운 경제 모델 수립, 공평한 분배 실현, 정부 부처 개혁, 국회 개혁을 민진당의 기치로 걸었다. 2016년 1월에 실시될 총통 선거가 정치인 차이잉원에게는 사실상 마지막 기회였다. "나는 결사의 각오로, 눈물을 웃음으로 바꾸겠습니다." 정권 교체를 열망하는 국민들은 환호했다.

2016년 1월, 민진당은 8년 만에 정권 교체에 성공했다. 타이완의 첫 여성 총통이 탄생했다. 차이잉원은 중국에 의지하지 않고 타이완 경제를 회복시킬 방안을 적극적으로 모색했다. 4년 간의 총통 임기를 마치고 재선에 도전한 차이잉원은 2020년 1월, 817만 표를 얻었다. 1996년 타이완 총통 직선제 시행 이후 최고 득표였다.

정치적 역량이 커진 만큼 더욱 무거운 책임감을 느꼈다. 소신을 굽히지 않았다. 홍콩의 민주화 운동을 지지했다. 차이잉원은 한 국가 아래 두 체제가 공존하는 '일국양제' 시스

여성, 정치를 하다

"나에게는 나약해질 권리가 없었다. 내 마음대로 할
권리는 더더욱 없었다. …… 그들이 가라고 하면 나는
그 길을 가야만 했다."

타이완은 코로나 19 바이러스 방역을 성공적으로 해
내고 있는 국가로 주목받고 있다. 손 소독을 시범하는
차이잉원.(2020년)

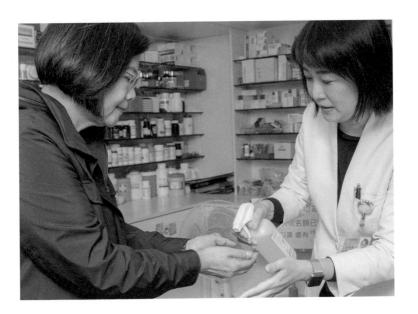

템의 불가능성을 지적하며 중국을 강도 높게 비판했다. 홍콩인에게 인도적인 협조를 지속적으로 제공하겠다는 의사도 밝혔다. 무엇보다 차이잉원은 타이완 국민들의 안전을 정부의 최우선 과제로 추진했다.

코로나19 확산을 막는 데 성공한 타이완은 전 세계로부터 칭송받고 있다. 그러나 차이잉원은 총통으로서 현 정부의 성과를 좀처럼 내세우지 않는다. "당신이 진심이 아니라 다음 선거만을 생각한다면 국민은 당신의 곁에 서지 않을 것입니다." 차이잉원은 비판적 지지자가 자신에게 건넨 카드를 "늘 서랍 안에 보관"하고 수시로 들여다본다. 차이잉원은 내일을 생각하는 정치인이다. "20년 후의 타이완은 어떤 나라가 되어 있을까? 이는 내가 최근 몇 년 동안 계속해서 고민하고 있는 문제다." 차이잉원이 정치를 하는 이유도 같은 맥락이다. "나는 타이완의 미래를 수수방관할 수 없다." 차이잉원의 강단(剛斷)이 아시아에 지각변동을 일으키고 있다.

페트라 켈리,

새로운 정당으로 도약하다

"좀 더 민주적인 방법으로 가는 수밖에 우리는 선택의 여지가 없다. 이는 기존 정당이나 의회 그리고 사법부를 반드시 해체해야 한다는 뜻이 결코 아니고, 거기서 책임을 다하고 있는 사람들을 끌어내자는 뜻도 정녕 아니다. …… 비폭력과 창조적인 방법을 통해, 환경 운동과 평화 운동 그리고 타협을 용인하지 않는 '정당 반대당', 즉 녹색당 운동을 통해 생명을 취할 수 있어야 한다."

1972년, 스물다섯 살의 페트라 켈리는 독일사회민주당 (SPD)에 입당한다. 그녀는 소련의 영향 아래에 있었던 공산주의 국가들과 적극적으로 외교 관계를 맺으며 동방정책을 펼친 서독 총리 빌리 브란트의 정치적 행보를 눈여겨보았다. 빌리 브란트는 1970년 12월 7일에 폴란드 바르샤바를 방문한다. 그는 유대인 희생자 추모비 앞에서 무릎을 꿇었다. 나치 강제수용소에서 어렵게 살아남아 폴란드의 총리가 된 유제프 치란키에비치는 빌리 브란트를 부둥켜안고 울었다. 페트라 켈리는 빌리 브란트와 같은 정치인이 이끄는 사민당이 라면 자신의 이상을 현실화시킬 수 있을 것이라고 판단했다. 1972년 당시 페트라 켈리는 '시민주도환경보호전국연합(BBU)'에서 "산성비 문제, 숲의 황폐화, 핵발전소 건설" 등의 문제를 공론화하며 환경 운동가이자 반전 평화 운동가로 맹활약을 펼치고 있었다.

1947년 독일 바이에른에서 태어난 페트라 켈리는 전후(戰後)의 상흔을 극복하지 못한 채 집을 나가 일방적으로 이혼을 통보한 아버지로 인해 힘든 유년 시절을 보냈다. 어머니가 미군 중령과 재혼하면서, 페트라는 1959년부터 미국에서 학교를 다니게 된다. 1966년에 아메리칸 대학교에서 국제정치학을 공부하면서 그녀는 세상을 더 나은 곳으로 만들고 싶다는 내면의 열망을 확인한다. 졸업 후, 유럽 통합을 연구하기로 결심한 페트라 켈리는 암스테르담 대학원에서 공부하는 한편 유럽 공동체 집행위원회에서 인턴으로 일하면서 능력을 인정받아 행정사무관이 되었다. 그러나 자꾸만 독일로 돌아가고 싶었다. 페트라 켈리는 독일에서 시민운동가로 자신의 목소리를 내기로 결정한다. 현실 정치에 점차 가까이 다가서면서 그녀는 빌리 브란트에게 큰 감화를 받았고, 대부분의 진보적인 지식인들처럼 사민당에서 자신의 미래를 모색하고자 했다. 하지만, 자신이 생각했던 것 이상으로 사민당 내부는 교조적인 분위기였다. 시민운동의 열망을 조금도 반영하지 못하고 있었다. 주류 정치인들이 "별 볼 일 없는 단체"라고 얕보았던 시민운동 단체는 1972년에 1,000개에 육박했다. 약 30만 명 이상의 활동가들이 "다른 생각을 하는 사람들을 위한 자유"를 외쳤다. 페트라 켈리는 백가쟁명의 시대를 반겼다. 주류 정당에서 "새로운 정치"가 불가능하다면, 진보 정당을 만들어야 한다는 목소리가 커지고 있었다.

페트라 켈리는 서독 전역의 시민단체들이 모여 결성된 시민주도환경보호전국연합의 대표로 1979년 3월에 대안 정치연대인 '녹색당' 창설 모임에 참가한다. "우리는 기존의 정당 시스템 내에서는 평화롭고 생태 친화적인 미래에 대한 관심사를 드러낼 수 없었던 일부 계층의 욕구를 평화 운동과 녹색당 내부에서 독립적으로 표출할 것이다." 그녀는 1979년에 사민당을 탈당하고, 녹색정치연합의 대표로 유럽 의회 출마를 준비한다. 결별의 순간을 정확하게 포착하는 능력, 새로운 출발을 두려워하지 않는 용기야말로 정치인이 갖추어야 할 자질임을 고려할 때, 페트라 켈리는 그녀 자신의 표현처럼 "직관적이고 집요한" 정치인이 분명했다. "유럽을 핵 추방 지역으로 만들자"는 선거 구호에 영국, 프랑스, 벨기에의 녹색당과 네덜란드와 이탈리아의 환경 운동 단체들이 뜻을 함께하기로 한다.

하지만, 선거 운동은 전쟁에 가까웠다. 페트라 켈리는 자신의 열악한 상황을 주위에 있는 그대로 털어놓았다. "보통 정당들이 주선하는 선거 운동 사단은 물론 작은 조직조차 없이 혼자서 준비해야 하는 처지입니다. 저를 아끼는 친구들의 도움에 의지하는 수밖에 없습니다." 약 90만 표를 획득했다. 득표율 3.2퍼센트에 그쳐 의회 진출에는 실패했지만, 페트라 켈리는 선거를 치르면서 진보 정당의 의회 입성을 더욱 갈망하게 된다. 6,000명이었던 녹색정치연합 회원 수는 선거 직후에 1만 6,000명이 되었다. 페트라 켈리는 1979년 10월에 치르게 될 지방의회 선거에서는 충분히 승산이 있다고 판단했다. 페트라 켈리의 예상처럼 녹색당 후보들은 브레멘 지방 의회 선거에서 네 석을 확보한다.

1980년 1월 12일, 녹색당은 창립 총회를 열었다. 정계에 발을 디딘 순간부터 휴식을 취할 시간은 없었다. 당장 연방 의회 선거가 아홉 달 후로 예정되어 있었다. "비폭력 노선, 풀뿌리민주주의, 생태주의, 사회적 책임"이 녹색당의 정강(政綱)이었지만, 페트라 켈리는 대중들에게 추상적으로 느껴질 수도 있는 정치 철학은 선거에서 이긴 후에 전달해도 늦지 않다고 판단했다. 녹색당이라는 신생 정당을 어떻게 소개해야 좋을지 그녀는 숙고했다. 페트라 켈리는 "정당 반대당"이라는 개념을 선취했다. "우리는 더 이상 기성 정당들에 희망을 걸 수 없다. 또한 더 이상은 의회 밖에서 이루어지는 활동에만 의지할 수도 없다. 시스템은 무너졌다. 우리는 의회 내부와 외부의 새로운 힘을 필요로 하고, 이러한 힘의 한 부분은 기성 정당에 대한 반대를 표방하는 녹색당을 통해 대변된다." 새로운 정치를 기다려온 사람들이 녹색당 쪽으로 고개를 돌리기 시작했다. 페트라 켈리는 "정당 반대당"인 녹색당은 반대만 하는 정당이 아니라 "최고의 것은 모두 흡수"하는 정당임을 강조하며 지지 세력을 넓혀갔다. "우리는 입구가 차단되지 않은 진정한 대의적 정당 시스템을 추구한다. 이 시점에서 사회의 약자들과 노인들, 장애인, 여성, 청소년, 실업자, 외국인 노동자들을 진정으로 대변할 수 있는 새로운 유형의 정당, 기성 정당에 반대하는 정당의 탄생은 매우 중요하다."

동시에 그녀는 당원들에게 정치를 시작한 이유를 끊임없이 환기시켰다. 녹색당의 "평화 선언문" 초안을 직접 작성하기도 했다. 페트라 켈리는 냉전 시대 미국과 소련의 팽창주의를 신랄하게 비판하면서, 인권과 평화의 가치를 강조했다. "우리는 만들어진 이데올로기가 파괴와 공격으로 변질되는 과정을 과거의 역사를 통해 충분히 보아왔다. 녹색당은 결코 그 어떤 완성된 이데올로기도 제공하지 않을 것이고, 자만에 빠지거나 다른 사람들에게 그 어떤 일도 강요하지 않도록 우리 자신을 경계할 것이다." 환경과 평화가 생존 문제임을 호소하는 그녀의 연설은 청중들의 마음을 움직였다. "이제 더 이상 망설일 시간이 없습니다. 오늘날 이 시대를 함께 살고 있는 우리 세대는, 우리가 과연 인류의 마지막

183

1983년 3월 29일, 첫 의회 입성을 축하하며 가두 행진하는 녹색당 지도부. 페트라 켈리(왼쪽에서 두 번째)와 동반자였던 게르트 바스티안(맨 왼쪽)이 나란히 걷고 있다.

세대가 될 것인가 아니면 인류의 화합을 꾀하는 첫 세대가 될 것인가를 결정해야 하는 상황입니다." 1982년부터 녹색당의 대중적 지지도는 확연하게 높아지기 시작했다. 1983년 총선에서 녹색당은 5.6퍼센트의 지지율을 획득했다. 연방의회에 스물여섯 명의 녹색당 후보들이 진출한다. 페트라 켈리는 의정 활동에 목숨을 건 사람처럼 일했다. "그녀는 세상에서 벌어지는 일들을 상황별로 모든 각도에서 바라보고 있었어요."

하지만, "정당 반대당"을 추구했던 녹색당이 권력을 획득한 후부터 과연 어떤 정치를 펼칠지 대중들은 예의주시하고 있었다. 진보 정당의 실력과 진정성을 입증해야 한다는 부담감이 녹색당을 압박했다. 녹색당의 공약들이 녹색당을 난처하게 만드는 상황이 자주 연출되었다. 녹색당 회의의 모든 내용을 언론과 대중에게 공개하기로 했던 "원칙"이 당의 발목을 잡게 될 줄은 몰랐다. "의정 활동이 처음이다 보니 우왕좌왕 헤매는 모습을 있는 그대로 공개하는 꼴이었다. 확신도 없으면서 모두들 자기가 잘났다고 고집만 부려대고 있었다." 페트라 켈리는 깊이 좌절했다. 그녀는 무엇보다 권력 부패 방지를 위해 의원 임기 4년을 2년씩 나누어 맡기로 결정한 당규가 "정치적으로 재앙을 초래할 뿐 아니라 먼저 뽑힌 의원이나 승계받는 의원 모두에게 받아들이기 힘든 점이 많다."는 결론을 얻게 되었다. 페트라 켈리는 민주주의

페트라 켈리는 직관적이고 집요한 정치인이었다.
그가 뿌린 작은 씨앗인 독일 녹색당은 현재 제1야당을
목표로 하는 중견 정당이 되었다.

가 제도, 의지, 이상 어느 하나만으로도, 또 그 모든 것을 다 결합시킨다 해도 단숨에 도달할 수는 없다는 사실을 깨달으며 정치인으로 성장하고 있었지만, 정작 녹색당 안에서 그녀의 입지는 점차 좁아지고 있었다. 페트라 켈리는 1985년 1월에 녹색당 의원들에게 "제가 의회에 남아 일할 수 있도록 도와주시길 간곡히 부탁드립니다."라고 편지를 보내기도 했다. 하지만, 1985년 3월에 녹색당 당원들은 "약속대로" 그녀에게 자리를 내놓을 것을 요구했다. 페트라 켈리가 의원직에서 물러나지 않자, 창당의 주역이었던 그녀는 동료들로부터 적폐로 몰리는 수모를 당하게 된다. 녹색당이 내분으로 진흙탕 싸움에 빠지자, 대중들도 차갑게 등을 돌리기 시작했다.

1990년, 서독의 녹색당은 득표율 4.9퍼센트로 의회에서 쫓겨나게 된다. 페트라 켈리는 의원직은 물론이고 녹색당의 모든 직위에서 물러나게 되었다. 그녀는 사람이 권력을 획득해서 이룰 수 있는 일이 무엇인지 오랫동안 고민해 왔지만, 현실 정치에서 권력이 사람을 길들이게 되는 과정을 목격하고야 말았다. 불안하고 우울했다. 하지만, 페트라 켈리는 자신의 꿈을 포기하고 싶지 않았다. 녹색당의 미래를 비관하지 않았다. "실패의 근본적 원인이 정치적 문제보다 인간적 미성숙에서 비롯된 것이라고 믿습니다. 정치 또한 사람의 일입니다."라고 당원들에게 호소했다. 그리고 자신은 반핵 반전을 주제로 저술 작업에 매달렸다. 그녀의 재기를 기대하

여성, 정치를 하다

는 사람들이 많았지만, 1992년 10월에 45세의 페트라 켈리는 자택에서 시신으로 발견되었다. 동료이자 연인이었던 게르트 바스티안과 동반 자살을 선택했다는 경찰의 발표를 그녀의 지인들은 쉽게 받아들일 수 없었다.

하지만 비극적인 죽음이 결코 그녀의 생애 전체를 설명할 수는 없다. 페트라 켈리의 삶은 그녀 자신이 가장 정확하게 이야기할 수 있을 것이다. "나는 녹색당이 자라고 힘을 키우는 일에 혼신을 다해 모든 정열을 바쳤다." 독일 녹색당은 현재 20퍼센트 안팎의 지지율을 유지하며, 2021년 9월 총선에서 제1야당을 목표로 뛰고 있다. 페트라 켈리의 삶은 조금도 헛되지 않았다. 그녀는 진보 정당이 새로운 정치를 펼치는 날을 간절한 마음으로 기다리고 있을 것이다.

헬렌 켈러,

나는 공정함을 원한다

"내 활동이 사회봉사나 시각 장애에 국한될 때, 그들은 나를 현대의 기적이라고 과장되게 추켜세웠다. 그러나 내가 정치적인 현안을 이야기하기 시작하면 그들의 어조는 완전히 달라진다. 내가 부도덕한 사람들의 손에 놀아나는 꼭두각시라고 떠들어댄다. 그러나 나는 내가 무엇을 말하고 있는지 너무나 잘 알고 있다. 나는 호의를 구걸하고 싶지 않다. 나는 공정함을 원할 따름이다."

1937년 7월, 57세의 헬렌 켈러는 식민지 조선을 방문했다. 경성, 평양, 대구에서 열린 강연회에 수천 명의 청중들이 몰려들었다. 강연회 입장권은 연일 매진되었다. 조선에 도착하기 전 일본에서도 헬렌 켈러는 크게 환영받았다. 1937년 7월 7일에 중일전쟁이 일어났고, 아시아는 전운에 뒤덮였다. 그런 와중에도 헬렌 켈러의 강연회는 성황리에 진행되고 있었다. 그녀는 조선 사회를 향해 호소했다. 불행한 사람들에게 "교육을 주라!" 젊은이들에게 각별한 당부도 덧붙였

여성, 정치를 하다

다. "여러분, 나는 신체가 자유롭지 못한 사람입니다. 그러나 나도 여러 가지 아름다운 세계에 접할 수 있게 되었습니다. 젊은이 여러분, 인간 사회에 어두운 면을 극복할 사람은 바로 여러분입니다." 시각 장애, 청각 장애, 언어 장애를 극복한 헬렌 켈러의 성장 과정을 언론은 "인류의 최대 기적"으로 보도했다. 그러나 헬렌 켈러가 과연 자신의 삶을 '기적'이라고 생각했을까? 그녀는 기적을 기다린 적도 믿은 적도 없었다.

1880년, 미국 앨라배마주에서 태어난 헬렌 켈러는 19개월이 되었을 때 뇌척수막염으로 추정되는 병에 걸려 청각과 시각을 잃게 된다. 어린 환자가 평생을 침묵과 암흑 속에서 살아가게 되었다며 의사들은 안타까워했지만, 상황을 다르게 파악한 사람이 있었다. 전화를 발명한 알렉산더 그레이엄 벨은 좋은 가정교사를 백방으로 찾아보자고 헬렌의 부모에게 권유했다. 특수교육 전문가인 앤 설리번이 적임자였다. 헬렌 켈러는 낯선 이의 등장에 화부터 냈다. 두려움도 컸다. 하지만 앤 설리번은 헬렌 켈러의 가능성을 믿었다. 서서히 변화가 일어나기 시작했다.

앤 설리번 선생님과 헬렌 켈러는 우선 점자를 익힌 다음, 발음할 때 목이 진동하는 원리를 글자와 연결시켰다. 드디어 오랫동안 하고 싶었던 말을 할 수 있게 되었다. "나는 벙어리가 아닙니다." 헬렌 켈러는 공부에 재능이 있었다. 호기

심도 많았다. 라틴어, 그리스어, 독일어, 프랑스어를 습득했다. 1900년에 헬렌 켈러는 명문 래드클리프 대학에 입학한다. "나는 앤 설리번 선생님과 함께 보스턴에서 공부하고 있습니다. 여러 가지로 새롭고 훌륭한 것을 배우고 있어요." 어마어마한 분량의 책을 읽었다. 셰익스피어의 모든 작품들을 사랑했다. 철학 책들을 섭렵해 나갔다. "시각 장애와 청각 장애가 내 존재의 본질이 아님을 기쁘게 확인했다. 내 영원한 정신 어디에도 장애가 있지 않았다." 마르크스와 엥겔스의 저작을 비롯해 사회 불평등 이론에도 관심이 많았다. 영문학 교수 찰스 타운센트 코플랜드는 "문장 흐름이 유려한" 헬렌 켈러를 주목했다. 글쓰기를 격려했다. "이제부터는 그저 저 자신이기로, 저만의 삶을 살기로 했습니다. 그리고 어떤 생각이 떠오를 때 그 생각을 글로 옮기기로 결심했습니다." 헬렌 켈러는 1903년에 자서전 『나의 생애 이야기(The Story of My Life)』를 출간한다.

1904년, 래드클리프 대학을 졸업하기도 전에 헬렌 켈러는 전 세계적으로 유명한 작가가 되었다. 그녀를 직접 만나고 싶어 하는 사람들이 많았다. 헬렌 켈러는 입술로 말하는 방법을 배워 강연회에서 연설을 시작했다. 간혹 자신의 장애 극복 과정에 관해서 이야기할 때도 있었지만, 그 내용은 이미 책에 담겨 있었기 때문에 반복하고 싶지 않았다. 노력하면 된다는 말처럼 하나 마나 한 소리가 이 세상에 없다고 생각했다. 강연회에서 그런 이야기를 늘어놓을 시간이 없었다. 그녀는 여성 참정권 획득, 사형제 폐지, 전쟁 반대, 인종 차별 철폐, 아동 노동 폐지, 장애인 권리 증진 등의 사회 현안에 관해 적극적으로 의사를 표명했다.

1909년, 헬렌 켈러는 매사추세츠주 사회당에 입당한다. "헬렌에게 지지하는 정당이 공화당 쪽인지 민주당 쪽인지 물었더니 헬렌이 이렇게 대답했다. 이쪽도 저쪽도 아니에요. 나는 시민 정부, 정치 경제, 철학을 공부한 다음에 결정할 거예요." 1893년에 미국 최초의 비숙련노동자 산별노조인 전미철도노조를 설립한 유진 빅터 데브스는 1900년부터 1920년까지 미국 사회당의 대통령 후보로 다섯 차례 출마했다. 헬렌 켈러는 유진 빅터 데브스를 공개 지지했다. 동시에 그녀는 시각 장애인을 위한 점자 체계 일원화 시스템 구축을 추진했다. 이 과정에서 시각 장애인이 하층 노동계급에 집중되어 있음을 발견하고 큰 충격에 빠진다. 그녀는 1911년에 "시각 장애의 사회적 원인"을 날카롭게 분석했다. "가난한 사람들이 위험 직종에 뛰어들어 산업재해로 시각 장애인이 될 수 있습니다. 벼랑 끝에 내몰린 여성이 성매매를 하다가 매독으로 시각 장애인이 될 수도 있습니다. 불평등한 사회 계급 제도가 인간의 삶에서 중요한 기회를 박탈하거나 장애 여부를 결정하기도 합니다. 질병과 사고를 일으키는 사회 구조부터 고쳐야 합니다."

헬렌 켈러는 자신의 부모가 식견이 탁월한 전화기 발명가와 친분을 유지할 만큼의 사회적 지위와 인맥을 가지지 못했더라면, 무엇보다 앤 설리번 선생님을 가정교사로 모실 정도의 경제력을 갖추지 못했더라면 래드클리프 대학에서 학사 학위를 취득할 수도 세계적인 작가로 성장할 수도 없었음을 시인했다. "이 세상에서의 성공은 개개인의 힘으로 이루어지지 않는다는 사실을 깨달았습니다." 헬렌 켈러는 자신의 성취를 사회적 관계망 속에서 냉철하게 분석할 줄 알았다. 하지만, 그녀가 세상을 향해 외치는 목소리에 사람들은 크게 귀 기울이지 않았다. 헬렌 켈러의 미래에도 별다른 관심이 없었다.

1903년에 발간한 첫 번째 자서전은 큰 명성을 안겨주었으나, 헬렌 켈러를 그만큼 "부자유스럽게" 했다. 강연 기획자들은 헬렌 켈러가 행사장에 "수수한 흰 드레스를" 입고 나타나기를 요구했다. 점자책을 읽고 있는 모습을 사진으로 찍어야 할 때가 많았다. 헬렌 켈러의 말과 글을 물고 늘어지는 사람들이 수두룩했다. 그녀가 장애인으로서의 삶을 기록한 책이나 시집을 출간하겠다고 하면 반색을 하다가, 미국 사회의 인종차별을 강도 높게 비판하거나 하루빨리 여성들이 참정권을 획득해야 한다고 주장하면 비난이 쇄도했다.

배후설이 제기되기도 했다. 앤 설리번의 남편 존 앨버트 메이시에게 "나쁜 영향"을 받아 헬렌 켈러는 "제대로 알지도

193

못하면서" 사회주의를 신봉하게 되었다는 헛소문이 나돌았다. 그녀는 "나를 독립적인 사고를 가진 사람으로 대한다면 어떤 비판도 거부하지 않겠다."라고 선언했지만, 그녀에게 무람없이 막말을 퍼붓는 사람들이 점차 늘어갔다. 헬렌 켈러는 1913년에 출간한 『어둠 밖으로(Ouf of the Dark)』에서 인류애, 평화, 교육, 사회주의가 "자신에게 어떤 감동을 주었고 또 자신을 어떻게 변화시켰는지" 직접 밝혔다. 하지만, 대부분의 사람들은 헬렌 켈러를 대학을 졸업한 "특별한 장애인"으로만 취급하고 싶어 했다.

특히, 그녀가 "전쟁과 가난이 없는 세상"을 함께 만들어 가자고 제안했을 때, 가까운 친구들조차 매몰차게 반응했다. "비대중적인 정치 노선"을 걷는 헬렌 켈러에게 등을 돌리는 "벗"들도 있었다. 평생 우정의 가치를 소중하게 여긴 헬렌 켈러는 "벗들과의 단절"을 매우 가슴 아파했다. 여론을 움직이려는 조짐도 나타났다. 일부 보수 언론에서는 그녀의 신체장애를 비하하는 발언마저도 서슴지 않았다. 봉사와 자선의 범주 안에서 활동할 때만 헬렌 켈러는 안전했고 또 환영받았다. 헬렌 켈러가 정치색을 드러내자 그녀를 "성녀(聖女)"에서 "불구자"로 전락시키려는 사람들의 혐오 발언이 난무했다. 헬렌 켈러의 지력을 칭송하던 사람들은 갑자기 자취를 감추었다.

헬렌 켈러는 외압에 흔들리지 않았다. 더욱 적극적으로

정치에 뛰어들었다. 사실 "헬렌은 열두 살 때부터 정치에 관심이 많았다." 미국이 1차 세계대전 참전을 결정하자, 헬렌 켈러는 전쟁 반대 파업을 호소했다. 1916년 1월에 헬렌 켈러는 노동자들에게 파업을 촉구했다. "전쟁을 지속시키는 모든 법과 제도에 맞서야 합니다. 파업합시다! 무기 제조를 저지해야 합니다. 파업합시다!" 존 에드거 후버 FBI 국장은 헬렌 켈러를 위험인물로 간주하고 사찰을 지시했다. 노동 운동과 반전 운동에 적극적으로 뛰어들수록 헬렌 켈러의 생활은 어려움을 겪게 된다. 강의는 물론이고 지면마저도 점차 줄어들고 있었다.

그녀가 1919년에 영화 출연을 결심한 것도 "돈에 쪼들리고" 있었기 때문이었다. 다행히 영화 촬영은 즐거웠다. 헬렌 켈러는 영화의 매력에 푹 빠져들었다. "영화는 내 마음속에서 오래전부터 불타고 있던 용기의 메시지, 모든 사람이 더 밝고 더 행복하게 사는 미래의 메시지를 널리 퍼뜨리게 해줄 것입니다." 헬렌 켈러는 상황을 비관하는 법이 없었다. 그녀의 집중력은 누구도 추종하기 어려웠다. "헬렌은 다른 사람들처럼 눈에 보이는 사물이나 소리에 끌려서 정신이 흐트러지는 경우가 없다. 우리가 보고 듣는 시간 동안 헬렌은 생각을 하고 있다." 그녀는 대중문화의 파급력을 높이 평가했다. 1920년부터 1924년까지 유랑 극단 공연을 다니기도 했다. 시각 장애인은 "천재도, 괴물도, 바보도 아니라는 것" 그리고 "시각 장애인들에게는 야망을 이룰 권리"가 있음을 88세의 나이로 세상을 떠날 때까지 줄기차게 이야기했다.

헬렌 켈러는 누군가의 "꼭두각시"가 되기를 완강하게 거부했다. 호의와 칭찬에 현혹되지 않았다. 그녀는 "억압자의 편에 선 권력", "무지", "무의식적 잔인함", "가난"과 지독하게 싸우면서, "다른 이가 고통받을 때 그 누구도 마음 편히 살 수 없는 시대에 더 가까이" 다가가고자 최선을 다했다. 헬렌 켈러에게는 원대한 꿈이 있었다. "사랑, 행복, 즐거운 노동을 이야기하는 삶 그 자체를 꿈꾼다." 헬렌 켈러처럼 공정함을 추구하는 여성 정치인들이 환영받을 때, 세상은 분명 좋아질 것이다. 그녀들의 건승을 기원한다.

헬렌 켈러는 기적을 기다린 적도 믿은 적도 없다.
그는 자신의 야망을 이루기 위해 최선을 다했다.

"이제부터는 그저 저 자신이기로, 저만의 삶을 살기로
했습니다. 그리고 어떤 생각이 떠오를 때 그 생각을
글로 옮기기로 결심했습니다." 헬렌 켈러는 타자기로
직접 글을 쓰곤 했다.

마거릿 대처,

피나는 노력으로 기회를 잡아라

"내가 처음으로 가진 직업은 플라스틱을 만드는 공장의 개발과에서 일한 것이다. 소규모 실험 단계를 거쳐 새로운 플라스틱을 만들어낸 다음 어떤 용도로 사용하고 어디에 팔 것인지 생각하는 일이었다. 가끔 노동당 일원인 친구들에게 '난 너희보다 공장에서 일한 경험이 더 많아.'라고 말하며 장난을 치고는 했다."

마거릿 대처는 아버지를 존경했다. 구두 제조공 집안의 아들로 태어난 그는 교사가 되고 싶었지만, 가난한 집안 형편으로 13세에 학업을 중단할 수밖에 없었다. 이를 악물고 일했다. 잡화상 점원으로 앞만 보며 생활한 소년은 이내 식료품점의 주인이 되었다. 시간이 날 때마다 책을 읽었다. 근면한 삶에 보상이 따른다는 종교적 신념도 깊었다. 감리교교회의 평신도 설교자로 명성이 높았다. 지역에서 자수성가의 대명사로 통했던 앨프레드 로버츠는 중산층에 진입하자, 정치인이 되기로 결심한다. 그랜섬 시의회 의원을 거쳐

1945년에 시장이 된 앨프레드 로버츠의 둘째 딸은 아버지의 연설을 들을 때마다 심장이 쿵쾅거리는 것 같았다.

1925년 영국 중부의 링컨셔 그랜섬에서 태어난 마거릿 대처는 어린 시절부터 승부욕이 강했다. 또래 아이들과 어울려 노는 대신 책을 읽거나 부모님이 운영하는 식료품점에서 일을 했다. 아홉 살 때 시 암송 경연대회에서 입상한 마거릿 대처에게 교장 선생님이 아무렇지도 않게 "너는 참 운이 좋구나."라고 하자, 마거릿 대처는 "운이 좋아서가 아니라, 저는 그 상을 받을 만한 자격을 갖추었기 때문에 수상자가 되었습니다."라고 맞받아쳤다. 그녀는 옥스퍼드 대학교에 진학하고 싶었다. 사립 기숙 학교에 갈 형편이 아니었지만, 상황을 탓하는 대신 수업료가 낮으면서도 우수한 학생이 많았던 공립 학교 케스티븐 앤드 그랜섬 여학교를 선택했다. 옥스퍼드는 입학 자체도 어려웠지만, 등록금도 무척 높았다. 마거릿 대처는 부모님이 옥스퍼드 학비를 지원할 만큼의 경제적 여유가 없다고 판단하고, 장학생 선발 시험에 응시했다. 1943년 10월에 마거릿 대처는 옥스퍼드 대학교 소머빌 칼리지에 입학한다.

대학 생활은 쉽지 않았다. 우선, 전공 공부에 큰 흥미를 느끼지 못했다. 화학보다는 정치학과 경제학에 관심이 갔다. 게다가 옥스퍼드의 친구들은 대부분 사립 기숙 학교 출신이었고, 대대손손 혈연과 지연으로 서로 얽혀 있었다. 소외감을 느꼈다. 마거릿은 혼자 산책을 하거나, 교회에 앉아 있는 시간이 많았다. 자신이 진정 원하는 삶이 무엇인지 스스로에게 묻고 또 물었다.

1946년 10월에 마거릿은 옥스퍼드 대학교 보수 협회에 가입했다. 유서 깊은 정치 토론 클럽인 옥스퍼드 유니언에 들어가고 싶었지만, 당시에는 여성 회원을 받아들이지 않았다. 옥스퍼드 대학교 보수 협회에서 마거릿의 활약은 눈부셨다. 가입한 지 얼마 지나지 않아, 협회장이 된 마거릿은 보수당의 외연을 확장하기 위해서는 노동 계급 회원을 확보해야 한다는 내용의 연설로 화제를 모았다. 하지만 옥스퍼드에서 만난 대부분의 친구들은 보수와 진보의 정치 성향을 떠나 마거릿의 뜻 자체를 제대로 이해하지 못했다. 이때부터 마거릿은 주류 사회 안에서 평온한 삶을 살며 세련된 교양과 호사 취미를 은근히 자랑하는 친구들과 자신은 본질적으로 다르다고 인식하게 된다. "마거릿 대처에게는 언제나 자신이 싫어하는 사람들이 연 파티에 참석한 불청객 같은 분위기가 흘렀다." 그녀는 자신을 하찮은 집안 출신으로만 보는 동문들의 시선을 느낄 때마다 열등감에 사로잡히면서도, 세상 물정을 모르는 도련님 같은 친구들과 대화를 나누며 우월감에 도취되기도 했다.

졸업과 동시에 취업을 해야 했다. 1947년에 옥스퍼드를 졸업한 마거릿은 안경테와 필름 등을 생산하는 플라스틱 제

여성, 정치를 하다

조 회사에 취직해서 1년 반 동안 근무했다. 직장 생활을 하면서도 정치인이 되겠다는 포부를 숨기지 않았다. 기회는 예상보다 빨리 찾아왔다. 1950년 런던 남동부에 위치한 다트포드의 보수당 지역구위원장 자리에 옥스퍼드 시절 지인이 마거릿을 추천했다. 그녀는 1950년 총선에 출마한다. 24세의 마거릿은 표를 얻기 위해서라면 어디든 직접 찾아갔다. 우선 유권자들을 만나야 했다. 남성들만 출입 가능한 클럽이 즐비했던 시절, 여성은 종업원 이외에 입장이 되지 않자, 마거릿은 클럽에서 맥주 따르는 일을 하면서 남성 유권자들에게 지지를 호소할 정도로 선거에 최선을 다했다. 결과는 석패였다. 1951년 총선에도 도전했지만, 다시 낙선했다.

두 번의 실패를 겪은 마거릿은 선거 운동 기간 중에 만난 데니스 대처와 1951년 12월에 결혼했다. 그는 아내의 능력과 야망을 높이 평가했다. 1953년 8월에 쌍둥이를 출산한 마거릿은 선거를 치르면서 계획했던 일을 실천에 옮긴다. 정치인에게 법률 지식이 필수적이라고 생각했던 마거릿은 세금관계법으로 변호사 시험을 준비해서 합격했다. 변호사 생활을 하면서 그녀는 이해관계를 조정하는 과정이 곧 정치와 유사하다고 생각했다. 하루빨리 직업 정치인이 되고 싶었다.

1959년 총선에서 압승을 거둔 마거릿 대처는 의회에서 법안을 발의할 때마다 주목받았다. 의회에 여성 의원을 위한 휴게실조차 하나 없던 시절이었다. 엘리트 남성들의 전유

물로 인식되었던 의회에서 살아남는 방법은 실력뿐이었다. 그녀는 특히 연설에 공을 들였다. 간명하면서도 공격적인 정치 언어를 구사했다. 한편, 지역구 행사에도 적극적으로 참여했다. 2년 후 1961년 10월, 마거릿 대처는 연금국민보험부의 정무 차관으로 임명된다. 36세의 최연소 차관 마거릿 대처는 보고만 받지 않았다. 복지 제도의 실효성을 다각도로 검토하며 현안을 직접 챙겼다. 대처는 1970년에 교육부 장관에 취임하며, 존재감을 드러낸다. "마거릿 대처는 우리 모두의 머리를 합친 것보다 더 좋은 머리를 가졌어."

하지만, 보수당 에드워드 히스 총리의 경제 정책이 영국 국민들의 신뢰를 받지 못하자 1972년에 노동당으로 정권이 교체된다. 마거릿 대처는 나라 살림이 국정 운영의 최우선 과제라는 교훈을 새삼 깨닫게 되었다. 1974년 보수당의 정책연구센터 부소장으로 취임한 마거릿 대처는 경제 이론들을 다각도로 분석하며 자유주의 시장 경제의 근간을 점검한다. 보수당이 영국 사회를 다시 이끌어갈 날을 손꼽아 기다리고 있었지만, 뜻밖의 사건이 벌어진다. 1974년 10월에 보수당의 차기 대표 후보였던 조지프 키스가 "양육에 문제가 많은 하층 노동 계급 미혼모의 출산 비율이 높아지고 있는 현실을 우려한다."고 발언한 것이다. 조지프 키스는 사태를 수습하지 못한 채 기자들을 피해 다니기에 바빴다. 그가 후보직에서 사퇴하겠다고 밝혔지만, 누구도 쑥대밭이 된 보

여성, 정치를 하다

(위) 사열한 의장대와 함께.(1990년)
(아래) 북아일랜드 방문 중인 대처 부처.(1982년)

수당을 책임지려고 하지 않았다. 마거릿 대처는 "내가 출마하겠습니다."라고 나섰다.

1969년에 한 기자로부터 총리직을 꿈꾸느냐는 질문을 받았을 때, "나는 총리가 되기를 원치 않습니다. 제 모든 것을 헌신해야 하니까요."라고 답했지만, 마거릿 대처는 의회에 입성하면서부터, 더 정확하게는 옥스퍼드 시절부터 영국의 지도자가 되고 싶었다. 그녀는 더 이상 자기 자신의 욕망을 감추지 않기로 한다. 겁쟁이처럼 도망치는 남성 정치인들을 보면서 마거릿 대처는 "모든 것을 헌신"하기로 결심했다. 하지만 지인들은 그녀에게 도박에 손을 대지 말라고 충고했다. 보수당 중진 의원들과 언론 매체들은 "모든 여성 정치인은 이류에 불과하다." "마거릿 대처는 여성일 뿐만 아니라 경력도 일천하다."라고 그녀를 깔보았다. 재무부, 내무부, 외무부에서 일한 경험이 없는 사람은 당 대표도 총리도 될 수 없다는 논리로 마거릿 대처를 압박하기도 했다. 그녀는 조급해하지 않았다. "마거릿 대처는 아직 권력을 장악하지 못했다. 그러나 그녀는 겁먹지 않았다." 1975년 2월 4일과 2월 11일, 두 차례에 걸쳐 진행된 보수당 당수 투표의 승자는 마거릿 대처였다.

보수당 대표에 취임하자마자, 마거릿 대처는 조직 쇄신에 착수한다. 집권 정당이 되는 길은 오직 하나, 정책 개발에 있다고 판단했다. 경제 회생을 위한 감세 정책에 주력했

"마거릿 대처는 겁먹지 않았다."(1983년)

다. 1979년 5월, 보수당은 압승했다. "총리직을 원하지 않습니다."라고 발언했던 마거릿 대처는 10년 동안 절차탁마의 시간을 보내고 영국 최초의 여성 총리에 취임한다. 역대 최장 기간인 11년 동안 영국 총리로 재임하며, 마거릿 대처는 자유주의 시장경제를 신봉했다. 어떤 타협도 후퇴도 용납하지 않았다. 그녀의 정책이 성공을 거둘수록 그녀는 대학 시절 가졌던 우월감에 다시 빠져들었다. 보수당 의원과 내각을 수반하는 장관들이 부유한 집안에서 "물러 터지게" 살아와 아무것도 모른다며 그들을 자주 야단쳤다. 본인은 피나는 노력으로 총리가 되었지만, 보수당의 의원들과 각료들은 너무 쉽게 권력과 부와 명예를 얻었다고 생각했다. 노동당에 대해서도 마찬가지였다. 노동자 출신인 자신이 노동당의 귀족들보다 노동을 훨씬 잘 안다고 확신했다.

마거릿 대처와 남성 엘리트 정치인들은 혐오와 차별적 언어를 주고받았다. 총리가 물가를 언급하면 실물 경제에 정통하다고 평가하는 대신 '채소 가게' 출신은 어쩔 수 없다고 비아냥거렸다. 마거릿 대처의 독선도 나날이 거칠어졌다. 총리가 아니라 여왕처럼 말하고 행동했다. 정치적 여정을 함께해 온 최측근들에게조차 모멸적인 언사를 퍼부었다. 1990년 11월, 부총리 제프리 하우는 "더 이상 국민의 이익과 총리에 대한 의리 사이에서 갈등할 수 없다."라는 말로 대처를 맹렬하게 공격했다. 결국 제프리 하우의 공개 비판은 3주 후에 대처 정부의 몰락으로 이어졌다. 1990년 11월 20일에 실시된 투표에서 대처는 뒤늦게나마 세론(世論)을 알게 되었다.

이틀 후인 1990년 11월 22일 오전에, 마거릿 대처는 사임을 발표하며 보수당의 승리를 기원했다. 자진 사퇴 결정이야말로 마거릿 대처의 정치 생명을 연장시켰다. 1997년에는 후배들의 간청으로 보수당 총선을 지원했고, 노동당의 토니 블레어 총리는 마거릿 대처에게 자문을 구하기도 했다. 정계에 입문한 이후로 하루에 잠을 네 시간 이내로만 자면서 정치 현안과 행정 업무를 완벽하게 파악하고자 했던 마거릿 대처의 성실함에는 누구도 이의를 제기하지 않을 것이다. 하지만 그녀의 위험한 독선이 영국 사회의 분열로 이어진 것 또한 부정할 수 없는 사실이다. 영국 최초의 여성 총리 마거릿 대처는 자력갱생의 미덕과 독선의 파국을 함께 선사한다. 아무리 생각해 봐도 그녀를 사랑할 수는 없을 것 같다.

멜리나 메르쿠리,

문화와 예술로 총에 맞서다

"이 세상에서 내가 그 무엇보다도 사랑하는 그리스. 그런데도 그리스의 바다, 그리스의 언덕, 그리스의 태양 그리고 그리스의 산등성이에 부딪혀 반사되는 그 찬란한 햇살을 나는 볼 수가 없다. 왜냐하면 나는 그리스에 돌아갈 수 없는 몸이기 때문이다. 그래서 나는 이 책을 쓰고 있다. 이 이야기는 나에 관한 일, 그리고 내가 알고 있는 사람들의 일이다. 그리스와 그 정치 이야기, 외국의 지배라든가 외세에 이용된 비열한 정치가들로부터 독립을 쟁취하려다가 수없이 좌절한 우리들 그리스 국민의 이야기를 쓰려는 것이다."

1967년 4월, 그리스의 대령들이 쿠데타를 일으켰다. 1960년, 40세에 영화 「일요일은 참으세요」로 칸 영화제에서 여우주연상을 수상하고 세계적인 배우로 이름을 떨친 멜리나 메르쿠리는 1967년에 뉴욕 브로드웨이에서 뮤지컬 무대를 준비하고 있었다. "군대가 그리스를 점령해 버렸다."라는 소식을 미국에서 듣고 현기증이 났다. 약 1년 전, 멜리나 메

영화 「일요일은 참으세요」의 한 장면.
메르쿠리는 이 영화로 칸 영화제에서 여우주연상을
수상하고 세계적인 스타가 되었다.

르쿠리는 한 파티에서 "악명 높은 극우파" 니코스 파르마키스와 마주쳤던 기억을 떠올렸다. 대뜸 "멜리나, 나는 파시스트인 것을 부끄럽게 생각하지 않습니다. 오히려 자랑스럽습니다. 유행이니까요. 우리 편에 가담하지 않겠습니까? 그리스 정치의 주도권은 우리가 잡게 될 것입니다."라고 했을 때에 그를 "천치와도 같은 자"로 치부했던 자신의 안일한 태도와 어리석음을 자책했다.

그리스 민주주의의 위기를 수수방관했다는 생각에 괴로웠다. 그리스의 지인들에게 연락을 시도했지만 실패했다. 대사관은 단호하게 통보했다. "그리스와의 교신은 안 됩니다." 라디오에서는 "그리스는 부활되었다. 참다운 자유가 도래했다."라는 거짓 프로파간다가 연이어 흘러나왔다. "깡패 같은 군인 패거리"는 그리스의 민주주의를 일순간에 파괴했다. 그들은 바로 학교를 폐쇄하고, 일체의 집회를 금지했다. 예금 인출 및 야간 통행도 통제했다. 누구라도 법적 절차 없이 체포될 수 있었다. 전 국민에게 상시적인 압수 수색과 더불어 모든 언론에 검열이 적용된다는 골자의 선언문이 배포되었다.

쿠데타 세력은 교활했다. 그들은 멜리나 메르쿠리를 선전 도구로 이용하고자 했다. 군사 정권이 발행한 신문에 그녀의 뉴욕 진출 소식이 실렸다. 정치적 목적이 깔려 있었다. "우리의 멜리나!"라는 축하 기사가 그녀의 사진과 함께 "버

것이 나와" 있었던 것이다. "우리"라는 단어에 모멸감을 느꼈다. 불면의 밤들이 이어졌다. 결단을 내렸다. "나는 내 의견을 말하고 군사 정권을 탄핵하고 그들을 괴롭혀줄 수 있는 일을 해야만 되겠다." 언론 인터뷰를 할 때마다 "그리스의 몇몇 섬에는 감옥이 있는데 거기서는 고문이 행해지고 있습니다." "지금 그리스에 행복이란 존재하지 않습니다." "저는 군사 정권에 반대합니다."라고 국제 사회에 쿠데타 세력들을 고발했다. 협박 전화와 편지가 쇄도했다. "귀가 찢어질 듯이 큰 목소리! 그 내용은 '매춘부 같으니! 공산주의자의 매춘부!'" 가짜 뉴스도 떠돌기 시작했다. "여배우 멜리나 메르쿠리와 그녀의 유대인 남편은 미국 공산당으로부터 경제적 원조를 받고 있다." 사실 무근이었다. 멜리나 메르쿠리는 조금도 위축되지 않았다. "텔레비전은 무서운 힘을 가지고 있다." 적극적으로 방송에 출연했고, 여러 대학을 순회하며 강연회를 가졌다.

1967년 7월 12일, 영국의 신문기자가 전화를 걸어왔다. "멜리나 메르쿠리 씨, 그리스의 내무부 장관 파다코스 씨는 당신이 그리스 국민의 적이라고 발표했습니다. 당신의 재산은 몰수되었습니다. 국적도 박탈되었습니다." 기자는 그녀에게 "무슨 할 말이 없습니까?"라고 질문했다. 멜리나 메르쿠리는 "나는 그리스인으로 태어나서 그리스인으로서 죽겠습니다. 파다코스 씨는 파시스트로 태어나 파시스트로 죽겠지요." 멜리나 메르쿠리는 그리스에서 추방되었지만, 조금도 위축되지 않았다. 멜리나 메르쿠리의 발언은 미국 사회에서 큰 반향을 일으켰다. "뉴욕의 여러 가게에서 '멜리나는 그리스인이다.'라는 슬로건이 든 배지가 팔리기 시작했다." 오리아나 팔라치는 그리스 민주화 운동 특집 기사를 실었다.

군사 정권의 폭정은 더욱 악랄해지고 있었다. 민주화 운동 인사들은 수감되거나 가택 연금을 당했다. 의문사도 늘어갔다. 그러나 그리스에는 "악마만 있는 것이 아니었다. 마찬가지로 천사도 존재했다." 보수 성향의 언론사 사주였던 헬레니 부라고스는 "자기의 신문을 모두 폐간해 버리는 쪽을 택했다." 그녀는 "자택 구금 상태"에서 "대담하게 영국으로 탈출하여" 민주화 운동을 전개했다. 정치적 지향점은 달랐지만, 진정한 보수 언론인에게 고개를 숙였다. 멜리나 메르쿠리는 자신의 사회적 역할을 신중하게 검토했다. '범(凡) 헬레니즘 해방 전선'에 참여했다. "최대의 굴욕은 자기 자신 속에서 일어나는 공포심이다. 그 공포심은, 총을 가지고 자기들을 억압하는 자들을 타도할 수가 없다는, 바로 그곳에서부터 비롯된다." 총을 든 자들에게 총으로 맞서는 대신, 문화와 예술로 사람들의 공포심을 잠재우고 민주주의의 정신을 되살리기로 한다.

멜리나 메르쿠리는 파리로 망명한 후, 유럽 전역을 다

여성, 정치를 하다

"미국에서는 삼류 배우만 되어도 대통령이 될 수 있는데 그리스의 유명 여배우가 문화부 장관이 되지 못할 이유가 무엇인가?"(1985년)

니면서 프랑스어, 이탈리아어, 영어, 스웨덴어, 독일어, 네덜란드어, 그리스어로 노래를 부른다. 그녀는 배우이자 가수로서 어떤 상황에서든 상대가 쉽게 이해할 수 있는 언어로 메시지를 전달해야 한다는 예술 철학을 가지고 있었다. 예술은 정치로부터 독립되어야 한다는 논리로 그녀를 압박하는 사람들이 있었지만, 문화와 예술의 파급력을 누구도 막을 수 없다는 확신은 더욱 강해졌다. 스위스 로잔에서는 군부 독재에 조직적으로 저항하기 위해 국제적인 연대를 시도했다. 1970년에는 자서전 『나는 그리스인으로 태어났다』를 출간하며, 그리스의 암울한 정치적 상황과 저항 운동의 현장을 생생하게 기록했다. 가슴이 찢어지는 아픔도 겪어내야 했다. 아버지의 임종 소식을 접했다. 속수무책이었다. 군사 정권과의 불화로 그리스 입국이 불가능했다. "아버지가 돌아가셨다고 하는데도 나에게는 울 틈도 없었다. 나는 공연을 끝냈다. …… 아무도 무대 뒤에 오지 못하게 했다. 들어온 것은 오직 하나, 이탈리아인 친구인 저널리스트 오리아나 팔라치뿐이었다. 오리아나는 '아버지의 영혼이에요.'라며 아름다운 식물을 가져와 주었다." 우정이 그녀를 일으켜 세웠다. 멜리나 메르쿠리는 정치적 신념을 굽히지 않았다.

1974년, 군사 정권이 몰락했다. 7년 간의 망명 생활을 마치고 멜리나 메르쿠리는 그리스로 돌아갔다. 진보 진영 결집에 나섰다. 멜리나 메르쿠리는 그리스에서 가장 낙후되고

여성, 정치를 하다

가난한 지역인 피레우스에 국회의원으로 출마했다. 33표 차로 낙선했다. 절치부심의 세월을 보냈다. 1977년, 멜리나 메르쿠리는 전국 최다 득표로 국회의원에 당선된다. 4년 후인 1981년에는 문화부 장관으로 임명되었다. 여배우가 장관이 되어서는 안 된다고 여론을 조성하는 사람들이 있었다. 멜리나 메르쿠리는 침묵하지 않았다. "미국에서는 삼류 배우만 되어도 대통령이 될 수 있는데 그리스의 유명 여배우가 문화부 장관이 되지 못할 이유가 무엇인가?"

문화부 장관에 취임한 멜리나 메르쿠리는 아크로폴리스로 가는 길을 보행자 전용 도로로 만드는 프로젝트에 착수했다. 그리스 문화의 자부심이자 민주주의의 출발점인 아크로폴리스로 향하는 길. 멜리나 메르쿠리는 아테네를 찾는 모든 이들에게 아크로폴리스까지 직접 걷는 경험을 선사하고 싶었다. 걷는 속도와 방식은 오로지 개인에게 달려 있다. 각자의 보폭으로 자유롭게 걷다 보면 민주주의가 조금씩 성장할 것이라고 믿었다. 하지만, 문화부 장관으로서 평화로운 일상을 보낼 수만은 없는 형편이었다.

멜리나 메르쿠리는 영국이 1801년에 약탈해 간 파르테논 신전의 대리석 조각 '엘긴 마블스(Elgin Marbles)'를 그리스로 되찾아 오고자 국제 사회에 파문을 던졌다. 문화재 반환 운동을 적극 주도했다. 영국이 그리스 박물관의 수준을 문제 삼아 반환을 거부하자, 멜리나 메르쿠리는 아크로폴리스 박물관 건설을 위해 국제 설계 공모전을 개최하기도 했다. 영국 정부의 거절 사유는 핑계에 불과했다. 제국주의 문화 정책을 일관되게 비판한 멜리나 메르쿠리는 유럽연합(EU)에 "유럽 문화수도"를 건의한다. 1985년 6월에 유럽연합은 유럽 문화수도를 공식 행사로 즉각 채택했다. 1986년에 그리스 아테네가 첫 번째 유럽 문화수도로 선정되었다. 문화를 통한 유럽 통합과 상호 교류를 목표로 한 멜리나 메르쿠리의 '문화 축제'는 매해 '수도'를 이전하며 현재까지도 성공적으로 진행되고 있다.

1989년까지 8년 임기 동안 문화부 장관직을 성공적으로 수행한 멜리나 메르쿠리는 배우 시절 이상으로 큰 사랑을 받았다. 1993년에는 문화부 장관으로 복직 요청을 받을 정도로 그녀의 기획력과 추진력은 탁월했다. 1993년에 문화부로 돌아온 멜리나 메르쿠리는 에게해 문화공원 조성을 추진했다. 그러나 건강이 급속도로 악화되고 있었다. 폐암 치료를 위해 미국으로 갔다. 1994년 3월, 멜리나 메르쿠리는 뉴욕의 병원에서 세상을 떠났다. 그리스의 모든 방송은 정규 프로그램을 잠시 중단한 채, 멜리나 메르쿠리의 죽음을 슬퍼했다. 한편, 수백만 명의 아테네 시민들은 그녀의 장례식을 위엄 있는 축제로 만들었다. 멜리나 메르쿠리가 "고통 없는 신의 나라"로 편안하게 떠나기를 기원하는 마음을 그리스인들의 방식으로 건넸다.

여성, 정치를 하다

그리스 국민들은 그녀를 '인간적인' 정치인으로 기억한다. 합당한 평가이다. 멜리나 메르쿠니는 국회의원 선거에 입후보하면서 "사람이 사람답게 살기 위해 정치가 필요하다."고 유권자들에게 호소했다. 그리고 민주주의라는 그리스의 유산을 지키자고 당부했다. 그녀는 무엇이든 쉽게 단념하지 않았다. "내가 죽기 전에 파르테논 신전의 대리석 조각이 돌아오길 간절히 바란다. 그러나 내가 죽은 후에라도 그리스의 유산이 원위치로 돌아오기만 한다면 나는 잠시 무덤 밖으로 나올 것이다." 2019년 8월 31일, 키라이코스 미초타키스 그리스 총리는 영국 《옵저버》와의 인터뷰에서 "우리의 조각상 반환 요구는 변함이 없다. 영국은 결국 이 전쟁에서 지게 될 것이다. 압박은 고조될 것이다."라고 발언했다. 보리스 존슨 영국 총리는 옥스퍼드 대학교에 재학 중이던 1986년에 이미 멜리나 메르쿠니 장관과 문화재 반환을 주제로 공개 토론을 가진 바 있었다. 귀추가 주목된다. 멜리나 메르쿠니는 그리스의 문화를 지키고 있다. 문화는 민주주의의 근간이다.

왕가리 마타이,

나무를 심으며 민주주의를 지키다

"나는 케냐인들을 포함해서 많은 사람들이 '좋은 사람은 정치를 하지 않는다.'라는 식으로, 마치 모든 정치인이 다 사기꾼이고 거짓말쟁이라는 듯이 여기는 통념에 도전하고 싶기도 했다. 그러나 케냐에서는 국민의 열망을 억압하고 환경을 파괴하는 정책을 주도한 이들이 바로 정치인들이다. 우리의 일상생활에 너무나 많은 영향을 끼치는 것이 바로 그들의 결정이었다. 정치에 참여하는 것이 나쁘다고 말하는 것은 그 상황을 오해하는 것이다. 왜 당신의 운명을 거짓말쟁이나 사기꾼의 손아귀에 맡겨야 할까?"

1997년 12월, 케냐는 '새로운' 선거를 앞두고 있었다. 국민들의 민주화 열망과 원조국들의 압박에 못 이겨 케냐 정부는 모든 정당이 후보를 낼 수 있는 "공식 절차를 모두 승인"했다. 선거를 통한 평화적 정권 교체를 위해서는 야권 통합이 관건이었다. 케냐 정부의 탄압에 맞서며 그린벨트 운동을 이끌어 온 왕가리 마타이는 야권 통합을 위해 백방으로 뛰어다녔다. 5년 전인 1992년에 야권 단일화에 실패하고 부패한 독재 정권에게 또 한 번 권력을 내주어야 했던 쓰라린 경험을 반복할 수는 없었다. '단일 연합당'을 만들지 못하면 이번에도 승산이 없었다.

왕가리 마타이는 1992년에도 곳곳에서 국회의원 및 대통령 출마를 요청받았지만, 자신은 환경 운동가로 사회 변화에 일조하겠다고 답하며 줄곧 정치권 '밖'을 지켜왔다. 하지만, 케냐 국민들은 그녀를 포기하지 않았다. 1997년 9월, "엘도레트의 시민 1,000여 명과 무랑가 지역의 시민 1,000여 명이 집회를 열어 내게 하원의원과 대통령직에 출마할 것을 요청했다." 지지자들은 왕가리 마타이가 일관되게 추진해 온 그린벨트 운동을 "주류 정치에서 실현"해 주기를 원했다. "왕가리 마타이는 국회의원도 아니면서 그렇게 많은 일을 하지 않았던가? 그가 국회의원이 될 경우 얼마나 많은 일을 할 수 있을지 상상해 보라!"

왕가리 마타이는 장고(長考)에 들어갔다. 제도권 밖에서 권력을 감시하며 환경 보호와 빈곤 퇴치, 여성 인권 향상에 기여하고자 했지만, 그의 꿈은 케냐의 정치가 제대로 기능할 때만 실현될 수 있었다. 케냐 정부는 썩을 대로 썩어 있었다. "합법적으로 또 불법적으로 숲이 파괴되고 있었다. 개발이라는 명목 아래 케냐의 땅과 주요 시설이 권력의 측근들에게 헐값으로 팔려 나가고 있었다." 케냐에는 정말 '좋은' 정치인이 필요했다. 환경 보호와 빈곤 퇴치, 여성인권 향상이 민주주의와 맞물려 있다고 믿어 온 왕가리 마타이는 정치권 '안'으로 뛰어들기로 결심을 굳혔다. "나는 그냥 앞만 보고 전진하다가 어느 문이든 열린 문이 있으면 그 문을 통해 안으로 들어갔다."

하지만, 선거 운동을 시작하면서 맞닥뜨린 정치 현실은 그야말로 아수라장이었다. 1997년 11월, 왕가리 마타이는 자유당 후보로 대통령 경선에 출마하겠다고 선언했다. 27개 당에서 15명이 대통령 후보로 출마했다. 후보 단일화를 위해 가까운 지역의 후보들부터 만나기 시작하자 "부족주의자"라고 공격받았다. 선거자금은 심각하게 부족했다. 그녀를 더 놀라게 한 사건이 벌어졌다. 과거에 우호적이었던 언론들마저 그녀의 "출마 동기를 의심"하며 "왕가리 마타이가 선거에 출마하지 않고 그린벨트 운동에만 집중한다면 나라를 위해 더 많은 기여를 할 수 있을 것"이라고 보도했다. 일부 언론사들은 왕가리 마타이가 또 다른 여성 후보인 채러티 응길루를 "고의적으로 방해하기 위한" 후보라고 공격하기도 했다. 기득권의 배타성과 케냐 사회의 고질병인 "부족주의와 개인 숭배"를 선거를 치르면서 절실하게 깨달았다. 야권은 전체 유권자 가운데 3분의 2에 가까운 표를 얻었지만, "통합에 실패했기 때문에" 패배하고 말았다. 왕가리 마타이는 우선 그린벨트 운동 사무실로 복귀했지만, "낡은 정치 문

여성, 정치를 하다

화를 극복"하지 못한다면 케냐의 미래에 희망은 없다는 결론을 얻었다.

왕가리 마타이는 선거 패배 후, 마징기라(스와힐리어로 '환경') 녹색당을 창설했다. 그린벨트 운동의 기본 가치와 동일한 강령을 채택했다. 아프리카 녹색당 연맹에도 합류했다. 녹색당은 독일과 같은 유럽 선진국에서만 가능하다는 조롱 섞인 비난이 쏟아졌지만, 왕가리 마타이는 케냐야말로 녹색당이 필요한 곳이라고 대중들에게 부지런히 설명했다. "과거 독재 정권은 권력을 유지하는 동안 정기적으로 수천 에이커의 숲이나 공원을 자신들의 지지자들과 측근들에게 사유지로 나눠 주었다. '토지 횡령'의 폐단은 케냐에 만연해 있다."

1998년 여름, 왕가리 마타이는 "너무나 노골적이며 광대한 지역에 걸친 토지 횡령"을 적발한다. 정부는 케냐의 수도 나이로비 북쪽에 위치한 카루라 숲에 정권 실세의 "동맹들"이 사무실과 사택을 짓도록 했을 뿐 아니라, 카루라 숲의 그린벨트 지역을 민간 개발업자들에게 "할당"했다. 왕가리 마타이는 법무부 장관에게 편지를 썼다. 언론에도 제보했다. 왕가리 마타이와 동료들은 카루라 숲에서 경찰과 대치하다 끌려갔다. 유엔 환경계획(UNEP)은 카루라 숲은 "나이로비가 잃어버려서는 안 될 귀중한 천연자원"이라는 성명서를 발표하고 사절단을 파견하기도 했다. 왕가리 마타이는 그들과 함께 카루라 숲에 나무를 심었다.

케냐 정부는 반격에 나섰다. "사유재산을 지키는 것은 개인의 자유이자 책임"이라는 입장을 밝혔다. 개별적으로 용역을 구해 "알아서 자기 땅을 지켜라."라는 뜻이었다. 폭력을 용인하는 발언이었다. 나무를 심는 평화적인 방법으로 환경 운동을 이끌어 온 왕가리 마타이는 "칼과 곤봉, 채찍, 단도, 활, 화살로 무장한 200여 명의 수비대와 마주쳤다." 그녀는 그저 나무를 심으러 왔을 뿐이라고 했지만, 소용이 없었다. 용역 깡패들에게 무자비하게 폭행을 당했다. "나는 머리에 깊은 상처를 입었다." 경찰들은 수수방관했다. 왕가리 마타이는 언론 보도로 용역 깡패들이 미리 "경찰의 허락을 받은 것임을" 알게 되었다.

이 사건은 케냐 전역은 물론이고 국제 사회에 큰 반향을 일으켰다. 유엔의 코피 아난 사무총장은 공개적으로 폭력 사태의 책임을 추궁했다. 케냐의 모이 대통령은 공식 성명을 발표했다. 그러나 사과문이 아니었다. 자신은 환경운동 단체들이 카루라 숲 "개발"에 왜 반대하는지 조금도 이해할 수 없으며, 나이로비가 발전하기 위해서 카루라 숲은 개발되어야 한다고 주장했다. 대학생들이 거리로 달려 나왔다. 나이로비에 "최루탄과 총탄이 난무했고, 대학들은 휴교령을 내렸다." 국가 폭력이 국민들의 분노까지 통제할 수는 없었다. 1999년 8월, 모이 대통령은 "공공 부지에 대한 모든 매각을 금지할 것이라고 발표"했다. "숲에서 진행되던 모든 건

그는 천천히 끝까지 싸워도 세상은 아주 조금씩
변한다는 사실을 잊지 않으며, 케냐 사람들에게
민주주의의 가치를 나무로 환기시켰다.

축이 중단되었다."

왕가리 마타이는 한 발 더 나아갔다. 그녀는 신자유주의 시대의 양극화 문제를 깊이 연구하고 있었다. 케냐와 아프리카는 왜 이토록 가난한가? 1998년에 '주빌리 2000 아프리카' 캠페인의 공동 의장으로 취임한 그녀는 2000년 부유한 국가들에게 제3세계의 부채를 탕감해 줄 것을 요구하는 내용의 탄원 운동을 전 세계적인 규모로 추진했다. "1970년에서 2002년까지 아프리카 국가들의 총 부채는 약 5,400억 달러에 달했고, 부채와 이자 가운데 5,500억 달러를 갚았다. 그러나 채무국들은 이자를 감당하지 못해 2002년 말 현재 3,000억 달러에 가까운 빚이 남아 있었다." 왕가리 마타이는 아프리카에 민주주의와 유능한 정부 기구가 들어선다 할지라도 채무 부담을 극복하지 못한다면 빈곤에서 벗어나기가 어려울 것이라고 판단하고 "빈곤의 역사 개혁 운동"에 뛰어 들었다. 아프리카의 구조적 문제에 전 세계인들의 관심이 집중되었다. U2의 보노는 왕가리 마타이의 문제의식에 깊이 공감하며 '주빌리 2000 아프리카'를 적극 후원하기도 했다.

그녀가 정치 활동을 본격적으로 재개하자, 정권의 탄압도 거세졌다. 2001년 7월에 왕가리 마타이는 "불법 집회를 주최"했다는 이유로 또 다시 체포되었다. 정권 교체를 더 이상 미룰 수 없었다. 2002년 12월 왕가리 마타이는 통합 야당

225

인 '전국무지개연합당'의 국회의원 후보로 출마한다. 그 어느 때보다 절박한 심정이었다. 그녀는 지역구인 테투 선거구에서 98퍼센트의 득표율로 당선되었다. 자신의 당선보다 더 큰 경사가 있었다. 케냐 국민들은 "만약 정부가 제대로 통치하지 못할 경우 민주적인 절차에 따라 정부를 교체할 수 있다는 것"을 경험했다. 한 달 후인 2003년 1월, 왕가리 마타이는 환경 및 천연자원부 차관에 취임했다. 그린벨트 운동을 이끌며 아프리카에 3,000만 그루 이상의 나무를 심은 왕가리 마타이는 아프리카의 환경, 여성 인권, 빈곤 퇴치, 교육, 민주주의 등에 기여한 공로를 인정받아 2004년 노벨 평화상을 수상한다.

1940년 케냐의 시골 마을에서 태어난 왕가리 마타이는 어린 시절부터 "글 읽는 사람들"을 동경했다. 1959년에 고등학교를 졸업한 그녀는 케냐 임시정부의 국가 인재 장학생으로 선발되어 미국으로 유학을 떠났다. 귀국 후, 그녀는 대학 교수로 안정적인 삶을 누릴 수 있었다. 하지만, 왕가리 마타이는 케냐의 가부장적인 사회 구조와 독재 정권의 부패를 용인하지 않았고, 그 대가를 톡톡히 치러야 했다. 연이은 이혼과 실직으로 생활고에 시달리면서도 그녀는 현실과 적당히 타협하지 않았다.

왕가리 마타이는 천천히 끝까지 싸워도 세상은 아주 조금씩 변한다는 사실을 잊지 않으며, 케냐 사람들에게 민주주의의 가치를 나무로 환기시켰다. 민주주의는 단숨에 이룰 수도 혼자서 완성할 수도 없으며, '만병통치약'도 아니었다. 그녀는 협치를 강조한 정치인이었다. "살면서 그리고 일을 하면서 알게 될 겁니다. 그 어떤 일도 혼자서 해낼 수 없음을 저는 아주 잘 알고 있습니다. 만약 어떤 일을 혼자 하면, 제가 그 자리를 떠났을 때 그 일을 맡아 할 사람이 아무도 없다는 위험을 감수해야 합니다."

2011년, 왕가리 마타이는 71세의 나이로 세상을 떠났지만, 그녀의 뜻을 잇는 왕가리 마타이 재단과 그녀가 심은 3,000만 그루 이상의 나무들이 지구를 지키고 있다. 왕가리 마타이는 나무도 민주주의도 오랜 시간이 걸리지만, 반드시 결실을 맺는다는 아름다운 진실을 우리에게 이야기한다.

시린 에바디,

Shirin Ebadi

투쟁은 끝나지 않았다

"우리는 혁명이 성공했다고 말했다. 그 혁명의 성공과 함께 나 역시 승리했다는 느낌이 들었다. 하지만 그날 나를 휘감았던 그 뿌듯한 느낌은 나중에 나를 쓴웃음 짓게 만들었다. 한 달도 못 되어 내가 나 자신의 죽음에 기꺼이 열정적으로 동조했다는 사실을 깨달았기 때문이다. 나는 여성이었고 혁명의 승리는 나에게 패배를 요구했다."

1970년 3월, 시린 에바디는 "스물세 살의 나이로" 판사가 되었다. "당시 이란의 법체계에서는 판사가 되는 데 있어서 최저 나이 제한 같은 규정이 없었다." 테헤란 대학교 "법대를 졸업한 시점에서 이미 2년간의 실습을 마친" 이란 최초의 여성 판사 시린 에바디는 "아침마다 정장을 하고 법무부로 출근할 때면 자부심으로 가슴이 뿌듯했다." 하지만, 시린 에바디가 대학을 다니던 시절부터 이란의 "정치적 공기는 격해져 갔다." 1964년에는 이슬람 지도자 아야톨라 루홀라 호메이니가 정부의 급격한 서구화 정책을 비판하는 설교

여성, 정치를 하다

를 했다는 이유로 이라크의 나자프로 쫓겨났다. 팔레비 왕조 샤 국왕의 부패와 사치에 국민들의 반감이 높아졌다. 무능하고 폭력적인 정부를 견디지 못하고 이란 사회가 움직이기 시작했다. 1971년 페르세폴리스에서 열린 페르시아 건국 2500년 축제는 반정부 시위로 돌변했다. 샤 왕은 "이른바 중재 회의라는 것을 구성하여 법원의 사법권을 제한하려고 했다." "초사법적 기구"가 등장하자, 몇몇 판사들은 항의 서한을 발표했다. "헌법이 부여한 권력을 남용"하는 샤 왕에게 "모든 사건에 대한 판결은 법률 앞에서 내려져야 한다고 요구"했다. 판사가 정치적 입장을 표명하는 것이 과연 옳은 일인지 사회적 논란이 있었다. 시린 에바디도 고심했다. 그러나 법의 본질이 훼손되고 있었다. 참여하지 않을 수 없었다. "나 역시 그 서한에 서명했다."

샤 왕이 지배하는 이란 정부는 자정(自淨) 기능을 완전히 상실한 채 파국을 초래했다. 1978년 8월과 9월에 약 2,500여 명의 이란 시민들이 시위 과정에서 억울한 죽음을 겪었다. 10만여 명의 인파가 거리로 뛰쳐나왔다. 시린 에바디도 "몇몇 판사들과 그 움직임에 참여할 방법을 찾고 있었다." 어느 선배 판사는 그녀의 정치적 활동을 준엄하게 꾸짖었다. "권력을 잡으면 또다시 당신의 자리를 빼앗을 사람들을 지지하고 있다는 것을 당신은 모르는 거요?" 시린 에바디는 망설임 없이 답한다. "노예 같은 판사가 되느니 자유로운 이란인이 되는 편이 나을 것 같습니다." "샤의 체제에 협력하고 비밀경찰 바사크와 협력하는 것으로 악명이 높았던" 판사들과 공무원들이 부끄러웠다. 시위대가 200만 명이 넘자 혁명에 참여하기로 결정한 "기회주의자" 동료들에게 환멸을 느끼기도 했다. 그렇다 할지라도 혁명은 진행되어야 했다. 1979년 1월 16일, "마침내 샤는 이란을 떠났다."

1979년 2월 1일, 호메이니가 "약 16년에 걸친 망명 생활"을 마치고 이란으로 돌아왔다. 테헤란에는 유혈 충돌이 끊이지 않았다 "나라 전체가 어수선했다." 군사 쿠데타가 일어날 것이라는 흉흉한 소문도 잠시 돌았다. 호메이니의 장악력은 놀라웠다. 2월 1일부터 2월 11일까지 "신을 외치며 적들을 처단해 나갔다." 호메이니는 대중의 마음을 지배하고 조종하는 방법을 알았다. "임시 이슬람 혁명 정부와 협력할 것을 요구한다." 이란 국민들에게 밤 9시에 옥상으로 올라가 "알라호 아크바르(Allaho akbar)" 즉 "신은 위대하다!"라고 외치도록 했다. 호메이니는 "분노와 불만의 소리를 높임으로써, 국민들을 거리의 총알받이로 내세우지 않고도 혁명 군중의 힘을 결집"할 줄 알았던 것이다. "종교적 감상주의"가 정치에 활용되고 있었다. 1979년 12월, 이란 이슬람 공화국의 신(新)헌법이 공포되었다. 호메이니는 "국가에 관한 모든 권한과 책임을 부여받은" 최고 지도자가 된다. 호메이니는 "주요 정책 집행의 감독, 군 통수권, 군 사령관 임명권, 대

여성, 정치를 하다

통령 인준권 및 해임권, 사면 및 감형권"을 장악했다.

시린 에바디는 법무부의 개혁을 고대했다. "위대한 대중 혁명이 군주제를 근대적인 공화제로 바꾸어놓은 후에" 법무부의 감독관으로 부임한 파톨라 바니 사드르가 그에게 "여성 판사가 혁명에 적극 동참한 것이 얼마나 의미 깊은 일인지 말할 줄 알았다." 기대는 산산조각이 난다. 감독관은 "당신은 이란으로 돌아와 은총을 내린 호메이니를 존경하는 의미에서 머리를 가리는 것이 바람직하다고 생각하지 않소?"라고 쏘아붙이며, "대체 지금 상황이 어찌 돌아가는지" 파악하라고 시린 에바디를 야단쳤다. 감독관의 방을 박차고 나왔지만, 시린 에바디는 법무부에서 떠돌기 시작한 "두려운 소문으로 인해 대단히 심란"한 시간을 보내야 했다. "이슬람 혁명 정부가 여성의 판사 임용을 금지할 것이라는 소문"을 낭설로 받아들이고 싶었다. 여성은 감정적이므로 판사직에 적합하지 않다는 말이 혁명 정부에서 나올 줄은 상상도 하지 못했다. 시린 에바디는 자타공인 "테헤란의 법정에서 가장 뛰어난 판사"였다. 그녀는 1979년까지 테헤란 시 법원장으로 근무하며 동료들로부터 존경을 받았다. 이란의 시민 운동과 호메이니의 샤 왕 비판을 지지했고, 혁명에 적극적으로 참여했다. 그러나 혁명이 성공을 거두자마자 "혁명을 지지한 최고의 여성 판사"는 설 자리를 잃게 되고 말았다.

시린 에바디에게 히잡을 쓰라고 종용했던 법무부의 감

독관으로부터 다시 연락이 왔다. "그는 나에게 법무부 조사국으로 자리를 옮기라고" 제안했다. 시린 에바디는 자신의 "전보가 의미하게 될 바"가 무척 걱정스러웠다. 자리를 잃는 것보다 "사람들이 이제 여성에게는 판사직의 기회가 완전히 차단되었다고 생각"하게 될 것이 더 큰 문제였다. 시린 에바디는 법무부 조사직을 거절한다. 감독관은 비열함을 감추지 않았다. 시린 에바디를 겁박한다. "그는 나에게 숙청 인사위원회가 구성될 것이고 조사국으로 가지 않으면 나는 아마도 법원 보조직으로 좌천될 것이라고 경고했다." 시린 에바디는 강경하게 대응했다. "절대로 스스로 물러나지는 않을 겁니다." 상황은 생각보다 훨씬 심각했다.

1980년 마지막 날, 시린 에바디는 판사직 "박탈"을 "통보"받았다. 지방법원에서 회의가 소집되었다고 해서 갔더니, 자신의 해고 절차가 논의되고 있었다. 그 자리에 참석한 사람들은 작정한 듯이 시린 에바디에게 모멸감을 안겼다. "휴식을 취한 후 법무부 사무처로 나오시오." 그 말은 시린 에바디에게 앞으로 재판관들의 문서 작성 및 기록 업무를 맡으라는 뜻이었다. 시린 에바디를 판사에서 사환으로 강등시키는 자리에 이란 이슬람 공화국의 주류 인사들과 친밀한 관계를 유지하던 판사들이 앉아 있었다. 그들은 동료 여성 판사를 옹호하기는커녕 기꺼이 "숙청 책임자"가 되기를 자청했다. "시린 에바디는 법무부 사무처 근무보다는 휴가를 더

바랍니다." 끝이 아니었다. "그들은 마치 내가 그곳에 없다는 듯이 여자 판사에 대해 성토하기 시작했다." "그들은 체계적이지 못해." "그들은 늘 산만해요." "맞아요. 그들은 의욕이 없어요. 일하고 싶지 않은 것이 분명해요." 시린 에바디는 "그 방을 성큼성큼 걸어 나왔다."

혁명은 여성 판사 한 사람만을 배신한 것이 아니었다. 시린 에바디는 신문을 읽다가 "이슬람 형법 초안"을 보게 된다. "나는 잘못 본 것이라고 생각했다." 믿고 싶지 않은 현실들이 펼쳐지고 있었다. 신문에 발표된 새로운 형법에 따르면, "여성의 생명이 지니는 가치는 남성의 생명이 지니는 가치의 절반밖에 안 된다는 것이었다." "법정에서 이루어지는 범죄에 대한 여성의 증언 역시 남성의 증언이 지니는 효력의 절반이라고 규정했다. 여성이 이혼하려면 반드시 남성의 허락을 얻어야 했다." 시린 에바디는 너무나 놀라고 화가 난 나머지 호흡 곤란을 경험한다. "그 법은 시계를 1,400년 전으로 되돌리는 조치였다." 혁명에 참가한 수많은 여성들이 처절하게 배반당했다. 역사의 수레바퀴가 잔인하게 돌아가고 있었다.

시린 에바디는 판사직에 더 이상 연연하지 않기로 한다. 시간이 필요했다. 1989년 6월에 호메이니가 세상을 떠났다. 1992년에는 "사법부의 장벽이 완화되면서 여성이 법과 관련된 일에 종사하는 것이 허용되었다. 이슬람 변호사 협회가 나의 자격을 인정해 주어 나는 우리 집 아래층에 변호사 사무실을 열고 의뢰인을 받기 시작했다." 시린 에바디는 상법과 관련된 법률 상담으로 돈을 벌었다. 그러다 점차 시국 사건을 무료로 변론하며, 아동과 여성 인권 관련 사건에 집중했다. "수입 없이 몇 년을" 힘겹게 버틴 적도 있었지만, 시린 에바디는 과감하게 "돈을 버는 수단으로서의 법을 포기"했다. 여성 차별을 자행한 "신정 체제의 법률"을 고발했다. 여성의 재산권과 양육권을 보장하는 가족법 개정 운동을 추진했다. 이란은 인권 변호사 시린 에바디를 기다리고 있었다. 1998년에 이란의 비판적인 지식인과 작가들이 무참하게 살해당하는 사건이 일어나자 시린 에바디는 피해자 가족의 변호를 맡았다. 그녀는 이란 정보기구의 만행을 고발하며 개혁을 촉구했다. 인권 변호사의 길은 험난했다. 시린 에바디는 감옥에 여러 차례 드나들었다. 1999년에는 테헤란 대학 기숙사에 난입한 경찰의 배후를 밝히려다 투옥되었고, 2000년에는 반정부 인사들의 발언을 담은 영상 배포 혐의로 수감 생활을 해야만 했다. 한편, 국제 사회의 관심을 촉구하는 연설과 기고문을 부지런히 발표하며, 아동 인권법과 이란의 인권 운동에 관한 저서를 잇달아 출간했다.

2003년, 시린 에바디는 이슬람권 여성 최초로 노벨 평화상을 수상했다. 그러나 기뻐할 수만은 없는 형편이었다. 같은 해, 이란의 진보적인 여성 의원 14명이 3년째 "의석이 없는" 채로 지낸다는 사실을 알게 된다. "말 그대로 앉을 의

혁명이 성공을 거두자마자 "혁명을 지지한 최고의
여성 판사"는 설 자리를 잃게 되고 말았다. 그러나
그는 패배하지 않았다. 투쟁은 아직 끝나지 않았다.

자가 없었던 것이다." 시린 에바디는 그들을 위해 법률 자문을 시작한다. 여성 관련 법안 초안을 직접 설계한다. 그녀의 추진력은 도대체 어디에서 나오는 것일까? 시린 에바디는 2006년 자서전『이란은 깨어 있다』를 발표하며, 좌절의 순간마다 자신의 삶을 지킬 수 있었던 힘의 원천을 밝힌다. "글쓰기란 전제 정치나 전통으로부터 우리 자신을 지키기 위한 가장 강력한 무기였다." 시린 에바디는 "이란 여성은 수세기 동안 현실을 바꾸기 위해 글에 의지해 왔다."고 외쳤다. 칠전팔기의 여성 법조인 시린 에바디는 자신의 삶을 기록하며 여전히 현역으로 활동하고 있다. 2016년에는『우리가 자유로워질 때까지』를 출간하며, 자신이 겪은 인권 투쟁의 역사를 "더욱 분석적인 관점에서 자세히" 회고했다. 오직 그녀만이 이야기할 수 있는 이란의 역사가 있다. 시린 에바디는 패배하지 않았다.

에필로그

2020년 5월부터 2021년 3월 현재까지 《경향신문》에 격주로 「여성, 정치를 하다」를 연재 중이다. 문학을 전공한 사람이 왜 정치 이야기를 하느냐는 질문을 받을 때마다 오래전부터 여성 정치인들의 말과 글에 관심이 많았다고 답한다. 나는 한나 아렌트의 『인간의 조건』을 읽으면서 "정치적이라는 것은 힘과 폭력이 아니라 말과 설득을 통하여 모든 것을 결정함을 의미한다."는 사실을 알게 되었다. 또한, 마사 누스바움이 정의한 문학적 상상력 즉 "타인의 삶을 산다는 것이 어떤 것인지를 상상할 수 있는 능력"을 갖춘 여성 정치인들이 세상을 더 나은 곳으로 만들어가리라고 굳건히 믿는다. 긴 호흡으로 그녀들의 이야기를 풀어 나가고 싶다.

주위의 도움을 받지 않고 쓴 글은 단 한 편도 없다. 경향신문 문화부의 김광호 부장님과 선명수 기자님의 따뜻한 조언과 격려에 먼저 감사드린다. 매회 원고를 멋진 영상으로 만들어 주시는 김경학 기자님께도 서투르게나마 감사드리고 싶다. 글이 잘 써지지 않을 때마다, 연재가 시작되던 봄날 맛있는 냉면집으로 데려가 응원해 주셨던 김희연 에디터님의 마음을 떠올린다. '여성, 정치에 묻는다.' 멋진 강의 제목을 선뜻 제안해 주신 최병준 논설위원님께도 깊이 감사드린다.

민음사 인문교양팀의 이한솔 님과 양희정 부장님은 언제나처럼 나를 믿고 기다려주셨다. 성격은 급하면서 원고 마감 날짜는 왜 그렇게 오래 붙들고 있는지 스스로도 궁금하다. 나는 두 분께 밑도 끝도 없는 이야기를 수시로 털어놓곤 한다. 두 분은 아무리 바빠도 내 이야기를 끝까지 들어주셨다. 이한솔 님과 양희정 부장님이 아니었더라면 나는 어떤 글을 써야 할지 알지 못한 채 오랫동안 헤맸을 것이다. 두 분과 매년 여성의 날에 맞춰 한 권씩 책을 내기로 약속했다. 그 약속을 지키기 위해서라도, 나는 조금씩이라도 꾸준히 성장하는 사람이 되고 싶다. 책을 함께 만들며 두터워진 우정을 소중하게 지켜 나가리라 다짐한다.

케테 콜비츠를 여성 정치인으로 이야기할 수 있도록 가르쳐주신 한기형 선생님께 감사드린다. 나는 문학과 정치를 왜 함께 생각해야 하는지 그리고 인간의 운명이 정치와 얼마나 깊이 연결되어 있는지를 한기형 선생님께 배웠다.

어머니 아버지와 단 한 번도 같은 정치인을 지지해 본 적이 없지만, 우리 가족은 모일 때마다 서로의 생각을 궁금해하며 많은 대화를 나눈다. 누구라도 쉽게 이해할 수 있는 글을 쓰고, 다른 관점을 가진 사람들의 말에 귀 기울이라고 가르쳐주신 어머니 아버지께서 이번 책 출간도 기뻐해 주셨으면 좋겠다. 성은, 규철, 혜미, 원철의 사랑에 큰 힘을 얻는다. 홍, 신, 지원과 함께 얼른 다시 서점에 가고 싶다.

지난 한 해 동안 코로나로 세상이 멈춘 것 같았지만, 어려움 속에서도 앞으로 걸어간 여성들이 분명 있었다. 2020년 12월, 안 이달고 파리 시장은 2018년 인사에서 관리직 13명 가운데 69퍼센트인 11명을 여성으로 임명했다는 이유로 9만 유로의 벌금을 물게 되었다. 2013년 프랑스는 공공기관의 관리직에 특정한 성별이 60퍼센트 이상을 넘을 수 없도록 하는 성 평등 법안을 제정한 바 있었다. 안 이달고 파리 시장은 "기쁜 마음"으로 벌금을 내겠다고 밝혔다. 현재 프랑스 차기 대통령 후보로 부상 중인 안 이달고 시장은 여성들의 고위직 진출을 강조하고 있다. 세계 곳곳으로 그 물결이 퍼져 나가길 바란다.

세상을 바꾸기로 결심한 여성들의 행진을 그 누구도 막을 수 없을 것이다. 나 역시 거스를 수 없는, 그리고 더 이상 유보할 수 없는 변화를 위해 열심히 읽고 쓰겠다.

2021년 여성의 날
장영은

에필로그

참고 문헌

시몬 베유

시몬 베유, 이민경 옮김, 『국가가 아닌 여성이 결정해야 합니다』(갈라파고스, 2018)

시몬 베유, 길경선·박재연 옮김, 『시몬 베유의 나의 투쟁』(꿈꾼문고, 2019)

시몬 베유, 이민경 옮김, 『나, 시몬 베유-여성, 유럽, 기억을 위한 삶』(갈라파고스, 2019)

아스트리드 린드그렌

마렌 고트샬크, 이명아 옮김, 『아스트리드 린드그렌 - 영원한 삐삐 롱스타킹』(여유당, 2012)

아스트리드 린드그렌, 김경희 옮김, 『사자왕 형제의 모험』(창비, 2015)

아스트리드 린드그렌, 햇살과나무꾼 옮김, 『내 이름은 삐삐 롱스타킹』(시공주니어, 2017)

엔스 안데르센, 김경희 옮김, 『우리가 이토록 작고 외롭지 않다면 - 아스트리드 린드그렌 전기』(창비, 2020)

에멀린 팽크허스트

Emmeline Pankhurst, 『Freedom or Death』(The Perfect Library, 2015)

에멀린 팽크허스트, 김진아·권승혁 옮김, 『싸우는 여자가 이긴다』(현실문화, 2016)

나혜석, 장영은 엮음, 『나혜석, 글 쓰는 여자의 탄생』(민음사, 2018)

로자 파크스

Rosa Parks · Gregory J. Reed, 『Quiet Strength: The Faith, the Hope, and the Heart of a Woman Who Changed a Nation』(Zondervan, 1994)

Rosa Parks, 『Dear Mrs. Parks: A Dialogue with Today's Youth』(Perfection Learning, 2013)

로자 파크스 · 짐 해스킨스, 최성애 옮김, 『로자 파크스 나의 이야기』(문예춘추사, 2012)

엘리자베스 워런

엘리자베스 워런, 박산호 옮김, 『싸울 기회』(에쎄, 2015)

엘리자베스 워런, 신예경 옮김, 『이 싸움은 우리의 싸움이다』(글항아리, 2018)

엘리자베스 워런 · 아멜리아 워런 티아기, 주익종 옮김, 『맞벌이의 함정』(필맥, 2019)

미첼 바첼레트

Richard Worth · Arthur Meier Schlesinger, 『Michelle Bachelet』(Chelsea House Pub, 2007)

Michelle Bachelet, 『Social Protection Floor for a Fair and Inclusive Globalization: Report of the Advisory Group』(International Labour Organization, 2012)

고은 외, 『그녀들은 무엇이 다른가-세계 여성 지도자』(명인문화사, 2006)

허문명, 『여성이여 세상의 멘토가 되라』(올리브M&B, 2010)

말랄라 유사프자이

Libby Hughes, 『Benazir Bhutto: From Prison to Prime Minister』(iUniverse, 2000)

말랄라 유사프자이 · 크리스티나 램, 박찬원 옮김, 『나는 말랄라』(문학동네, 2014)

우르와쉬 부딸리아, 이광수 옮김, 『침묵의 이면에 감추어진 역사』(산지니, 2009)

말랄라 유사프자이·리즈 웰치, 박찬원 옮김, 『우리는 난민입니다』(문학동네,
  2020)

앙겔라 메르켈

니콜 슐라이, 서경홍 옮김, 『독일의 첫 여성 총리 앙겔라 메르켈』(문학사상사,
  2006)

슈테판 코르넬리우스, 배명자 옮김, 『위기의 시대 메르켈의 시대』(책담, 2014)

매슈 크보트럽, 임지연 옮김, 『앙겔라 메르켈』(한국경제신문, 2017)

존 바에즈

Markus Jaeger, 『Popular Is Not Enough: The Political Voice of Joan
Baez: A Case Study in the Biographical Method』(Ibidem Press, 2010)

마이클 매클리어, 유경찬 옮김, 『베트남 10,000일의 전쟁』(을유문화사, 2002)

밥 딜런, 양은모 옮김, 『밥 딜런 자서전』(문학세계사, 2010)

존 바에즈, 이운경 옮김, 『존 바에즈 자서전』(삼천리, 2012)

플로렌스 나이팅게일

Irene Cooper Willis, 『Florence Nightingale: A Biography』(Franklin
Classics, 2018)

리튼 스트래치, 이태숙 옮김, 『빅토리아 시대 명사들』(경희대학교 출판문화원,
  2003)

이바라키 타모츠, 공순복 옮김, 『나이팅게일 평전』(군자출판사, 2016)

Tim Coates, 전호환·정숙진 옮김, 『펜의 힘』(부산대학교출판부, 2018)

김창희, 『플로렌스 나이팅게일 평전』(맑은샘, 2019)

미셸 오바마

힐러리 로댐 클린턴, 김석희 옮김, 『살아있는 역사』(웅진지식하우스, 2007)

힐러리 로댐 클린턴, 김규태·이형욱 옮김,『힘든 선택들』(김영사, 2015)

피터 슬레빈, 천태화 옮김,『미셸 오바마』(학고재, 2017)

미셸 오바마, 김명남 옮김,『Becoming 비커밍』(웅진지식하우스, 2018)

오리아나 팔라치

Riccardo Nencini,『Oriana Fallaci: I'll Die Standing on My Feet』(Polistampa, 2008)

John Gatt-Rutter,『Oriana Fallaci - The Rhetoric of Freedom』(Berg Publishers, 2010)

오리아나 팔라치, 강은교 옮김,『거인과 바보들』(전망, 1979)

오리아나 팔라치, 박범수 옮김,『나의 분노 나의 자긍심』(명상, 2005)

산토 아리코, 김승욱 옮김,『전설의 여기자 오리아나 팔라치』(아테네, 2005)

오리나아 팔라치, 김희정 옮김,『나는 침묵하지 않는다』(행성B, 2018)

매들린 올브라이트

Madeleine Albright,『The Mighty and the Almighty : Reflections on Faith, God and World Affairs』(Harper Collins, 2006)

매들린 올브라이트, 노은정·박미영 옮김,『매들린 올브라이트-마담 세크러터리』1, 2권(황금가지, 2003)

매들린 올브라이트, 타일러 라쉬·김정호 옮김,『파시즘』(인간희극, 2018)

케테 콜비츠

정하은,『케테 콜비츠와 노신』(열화당, 1986)

케테 콜비츠, 전옥례 옮김,『케테 콜비츠』(운디네, 2004)

케테 콜비츠, 이순례·최영진 옮김,『케테 콜비츠』(실천문학사, 2004)

차이잉원

지은주,『또 다른 중화, 대만』(김영사, 2015)

차이잉원, 박진영 옮김, 『우리는 어떤 지도자를 원하는가』(MBC C&I, 2016)

페트라 켈리

새라 파킨, 김재희 옮김, 『나는 평화를 희망한다』(양문, 2002)

페트라 켈리, 이수영 옮김, 『희망은 있다』(달팽이, 2004)

베른트 파울렌바흐, 이진모 옮김, 『독일 사회민주당 150년의 역사』(한울, 2017)

김정로·전종덕, 『독일 녹색당 강령집』(백산서당, 2018)

헬렌 켈러

Dorothy Herrmann, 『Helen Keller: A Life』(Univ of Chicago Press, 1999)

Helen Keller, 『Helen Keller: Rebel Lives』(Ocean Press, 2003)

Helen Keller, 『My Key of Life, Optimism: An Essay(1904)』(Kessinger Publishing, 2010)

헬렌 켈러, 김명신 옮김, 『헬렌 켈러 자서전』(문예출판사, 2009)

앤 설리번, 장호정 옮김, 『헬렌 켈러는 어떤 교육을 받았는가』(라의눈, 2014)

마거릿 대처

Margaret Thatcher, 『The Downing Street Years』(Harper Collins, 1993)

Margaret Thatcher, 『The Path to Power』(Harper Collins, 1996)

Margaret Thatcher, 『The Collected Speeches of Margaret Thatcher』(Harper, 1998)

Margaret Thatcher, 『Margaret Thatcher: The Autobiography』(Perennial, 2013)

마거릿 대처, 김승욱 옮김, 『국가경영』(작가정신, 2003)

박지향, 『중간은 없다』(기파랑, 2007)

강원택, 『보수는 어떻게 살아남았나』(21세기북스, 2020)

토니 클리프·도니 글룩스타인·찰리 킴버, 이수현 옮김, 『마르크스주의에서 본 영국 노동당의 역사』(책갈피, 2020)

멜리나 메르쿠리

멜리나 메르쿠리, 이경희 옮김, 『나의 사랑 나의 그리스』(일월서각, 1979)

유재원, 『데모크라티아』(한겨레출판, 2017)

김경민, 『그들은 왜 문화재를 돌려주지 않는가』(을유문화사, 2019)

왕가리 마타이

Wangari Muta Maathai, 『The Challenge for Africa』(Arrow Books, 2010)

Besi Brillian Muhonja, 『Radical Utu: Critical Ideas and Ideals of Wangari
    Muta Maathai』(Ohio University Press, 2020)

왕가리 마타이, 이혜경 옮김, 『검은 대륙의 초록 희망』(책씨, 2005)

왕가리 마타이, 최재경 옮김, 『위대한 희망』(김영사, 2011)

왕가리 마타이, 이수영 옮김, 『지구를 가꾼다는 것에 대하여』(민음사, 2012)

이매뉴얼 월러스틴, 성백용 옮김, 『세계체제와 아프리카』(창비, 2019)

시린 에바디

시린 에바디·아자데 모아베니, 황지현 옮김, 『히잡을 벗고, 나는 평화를 선택했
    다』(황금나침반, 2007)

Shirin Ebadi, 『Until We Are Free: My Fight for Human Rights in Iran』
    (Random House, 2016)

배리 루빈, 유달승 옮김, 『중동의 비극』(한울, 2007)

유달승, 『이슬람 혁명의 아버지, 호메이니』(한겨레출판, 2009)

유달승, 『이란의 시간은 다르게 흐른다』(한겨레출판, 2020)

도판 출처

25쪽   ©Gamma-Rapho via Getty Images / 게티이미지코리아.

26쪽   Nationaal Archief(http://proxy.handle.net/10648/ad3a7ec8-d0b4-102d-bcf8-003048976d84).

35쪽   Courtesy of The Astrid Lindgren Company(https://www.mynewsdesk.com/se/astrid-lindgren-aktiebolag/images/astrid-lindgren-536003)

36쪽   The Astrid Lindgren Company(https://www.astridlindgren.com/sv/astrid-lindgren/opinionsbildaren)

59쪽   Wikipedia(https://en.wikipedia.org/wiki/Rosa_Parks)

60쪽   U.S. National Archives(https://en.wikipedia.org/wiki/Rosa_Parks)

61쪽   Schlesinger Library(https://www.flickr.com/photos/schlesinger_library/13270402093/)

69쪽   엘리자베스 워런 flickr 계정(https://www.flickr.com/photos/elizabethwarren/47967853656/)

76쪽   미첼 바첼레트 공식 홈페이지(http://michellebachelet.cl/biografia)

81쪽   Wikipedia(https://en.wikipedia.org/wiki/Michelle_Bachelet)

89쪽   ©Getty Images / 게티이미지코리아

100쪽   © 연합뉴스/ AP

104쪽   ©Getty Images / 게티이미지코리아

113쪽   ©WireImage / 게티이미지코리아

114쪽   U.S. National Archives(https://en.wikipedia.org/wiki/Joan_Baez)

123~124쪽   Wikipedia(https://en.wikipedia.org/wiki/Florence_Nightingale)

128쪽 ⓒGetty Images / 게티이미지코리아

133쪽 백악관 홈페이지(https://en.wikipedia.org/wiki/Michelle_Obama)

140쪽 Wikipedia(https://en.wikipedia.org/wiki/Oriana_Fallaci)

143쪽 오리나아 팔라치, 김희정 옮김, 『나는 침묵하지 않는다』(행성B, 2018)

152쪽 ⓒ연합뉴스/ AP

153쪽 Wikipedia(https://en.wikipedia.org/wiki/Madeleine_Albright)

158, 161, 164쪽 Käthe Kollwitz Museum Köln(https://www.kollwitz.de/)

176~177쪽 타이완 총통부 홈페이지(https://english.president.gov.tw/Issue/429?DeteailNo=1)

184쪽 ⓒ연합뉴스/ AP

186쪽 ⓒGamma-Rapho via Getty Images / 게티이미지코리아

197쪽 Los Angeles Times photographic archive(https://en.wikipedia.org/wiki/Helen_Keller)

198쪽 ⓒGetty Images / 게티이미지코리아

210쪽 ⓒFilmPublicityArchive/United Archives via Getty Images / 게티이미지코리아

214쪽 Nationaal Archief(http://proxy.handle.net/10648/ad4e20b8-d0b4-102d-bcf8-003048976d84)

224쪽 ⓒCorbis via Getty Images / 게티이미지코리아

236쪽 Fronteiras do Pensamento(https://www.flickr.com/photos/fronteirasweb/5839054685/)

여성, 정치를 하다

1판 1쇄 찍음   2021년 3월 1일
1판 1쇄 펴냄   2021년 3월 8일

지은이   장영은
발행인   박근섭, 박상준
펴낸곳   (주)민음사

출판등록   1966. 5. 19. (제16-490호)
주소   서울시 강남구 도산대로1길 62
           강남출판문화센터 5층 (06027)
대표전화 02-515-2000   팩시밀리 02-515-2007
www.minumsa.com

ISBN   978-89-374-1375-9 03800

* 잘못된 책은 구입처에서 교환해 드립니다.